굿바이
아마레

ROMAN
COLLECTION
006

굿바이
아마레

문형렬 소설

나무옆의자

차 례

굿바이 아마레

위
up

아니면 우리의 삶이 아무것도 아닌 것일까?

우리의 삶은 한낱 꿈, 하늘이 땅에게 한 농담일까.

— 푸시킨, 『청동 기마상』에서

1

"완벽한가?"

그가 내게 물었다.

나는 어둑한 실내의 벽 쪽에 놓인 소파에 엉거주춤하게 앉아 있었다. 그의 목소리는 카페 실내 바닥에 묻어둔 스피커에서 울려 나오는 볼레로 연주에 뒤섞여 에코로 번져 나오는 여자의 신음 소리 속에서도 명료하게 들렸다. 플루트와 클라리넷, 오보에, 트럼펫 등의 악기가 낮은 소리에서 높은 소리로 치솟는 볼레로의 멜로디가 반복되는 동안, 검고 흰 얼룩을 뿌려대는 듯한 여자의 헐떡이는 외침은 점점 더 커졌다.

어두운 실내를 빠르게 스쳐 지나가는 조명에 눈이 익어가자 실내 모습들이 하나씩 드러났다. 완전히 벌거벗거나 상체만 옷을 입은 이들이 그림자처럼 움직이고 있었다. 실내의 모든 풍경들이 낯설었다. 그곳은 지금까지 내가 알거나 보았던 현실과

8

는 전혀 다른 세계였다.

그를 뒤따라 흰색 건물 삼층의 카페 아마레(Amare)로 들어서자 빨강, 파랑, 녹색의 조명이 검은 대리석 바닥에서 공중으로 화살처럼 지나갔다. 실내 서쪽에는 유리창이 있었고, 유리창 밖으로 운하가 흘렀다. 운하를 가로지르는 다리들은 작은 섬들 사이를 빗금처럼 잇고 있었다.

나는 고개를 숙였다가 얼굴을 들고 그를 낯선 듯 멀거니 보았다.

"완벽한가?"라고 묻는 그의 질문이 무엇에 대한 질문인지 알 수 없었다. 그는 전동 휠체어에 벌거벗고 앉아 있었다. 그의 손목과 팔뚝, 허리, 발목에는 가늘고 붉은 천이 몇 겹 묶여져 있었다. 눈을 동그랗게 뜨고, 굵고 긴 혀를 쑥 내미는 아인슈타인의 얼굴 가면이 그의 사타구니를 덮고 있었다. 전동 휠체어를 타고 나타난 그의 모습을 나는 한 번도 본 적이 없었다. 기묘한 그의 모습은 "완벽한가?"라고 묻는 그의 질문에 대한 대답을 할 생각마저 나지 않게 했다. 무엇이 완벽한가라고 묻는지도 알 수 없었다. 벌거벗은 몸을 휠체어에 묶은 그의 모습이 완벽한지, 하체를 벗고 돌아다니는 이들의 모습과, 스피커에서 음악 소리와 교성이 뒤섞여 나오는 아마레의 실내 풍경이 완벽한 지도. 그는 놀란 듯한 내 표정에는 관심 없다는 듯 느긋하고 평온했다. 굳이 그는 나의 대답을 기다리는 것 같지도 않았다. 그는 턱을 위로 쳐들고 얼굴을 앞으로 내밀고는 정지한 채로 있었다.

"이게 나의 개념이야. 아인슈타인의 가면은 나의 하위개념이지. 아인슈타인은 아마레에서 마련한 오늘 하루의 개념이야. 오늘이 아인슈타인이 태어난 날이라고 세이렌이 그러더군. 아랫도리를 가리는 무화과나무 잎은 오랫동안 흔하게 봤기 때문에 그 아래 감춰진 것마저 죽은 이미지에 불과해. 너무 뻔하니까. 아인슈타인 얼굴로 가리는 게 더 세련되고 재미있지 않아?"

나는 난처했다. 뭐라고 대답해야 할지 몰라서 붉은 천으로 덮인 소파 앞 탁자에 놓인 위스키를 스트레이트로 두 잔 마시자 조금 대담해졌다. 그의 말대로 아담과 이브가 선악과를 따 먹고 부끄러움을 알게 되어 사타구니를 가리는 무화과나무 잎은 사실 재미없고 지루한 이미지였다. 그 아래 가려져 있는 것들도 눈에 익숙해진 무화과나무 잎 때문에 더 이상 흥미를 끌지 못했다.

"그건 정말 그렇군요. 재미있고 특별하게 보입니다."

"자넨 아직 눈이 멀지는 않았군. 아인슈타인도 이런 내 모습을 보면 신비하다고 할 거야. 이 가면은 아인슈타인이 일흔두 살, 생일 때 찍은 사진으로 만들었어. 이런 생각을 한 카페 주인, 세이렌은 익살스럽기도 하지. 아인슈타인도 육 년간 연애편지를 보낸 세르비아 여자 밀레바 마리치와 사랑의 이름을 걸고 결혼했지. 밀레바도 물리학자였으니 아이를 낳고 살림을 산다는 건 끔찍했을 거야. 그 끝은 파탄이었어. 사랑은 절벽에서 뛰어내려서 지상에 닿기 전까지일 뿐이지. 그 어떤 날개도 도움이 되지 않아. 천사에게도 도움이 되지 않겠지. 비상은 없으니까. 그러나 나는 언제나 난파선의 운명 앞에 매달린 오디세우스야! 그리스신화에 나오는 저 세이렌의 노랫소리를 따라가는 모든 어부들의 선박들이 난파당하지만 오디세우스는 몸을 돛대에 결박하고 세이렌의 노래를 듣고 있어. 그 어떤 충족감도, 소유욕도 없이 나도 오디세우스처럼 이렇게 몸을 묶었지."

나는 그의 말을 듣고 날짜를 떠올렸다. 3월 14일이었다. 다음 날, 나는 서울로 돌아가야 한다는 조바심이 확 들었다.

"오늘이 3월 14일이군요. 휠체어에 앉아 있는 강 선배의 모습에는 스티븐 호킹 박사 이미지도 있습니다."

사실 그랬다. 전동 휠체어 때문에 그가 자신의 개념이라는 오디세우스의 이미지보다는 물리학의 천재라는 호킹 박사의 이미지가 더 겹쳐졌다.

그는 묶인 몸이 답답한 듯 허리를 비틀며 혼잣말을 했다.

"마음대로 생각해도 좋아. 그건 먼저 눈에 익어서 그럴 뿐이지. 기억은 먼저 새겨진 흔적에서 판단하려고 하니까. 그래서 우리의 의지는 언제나 자유롭지 않아. 이걸 좀 보게나, 우습지? 생각, 행동, 느낌에서 비롯되는 모든 의식은 이렇게 묶여 있어. 지구가 태양 주위를 돌듯이 우리는 궤도를 이탈하지 못하니까. 난 오디세우스야. 아, 밧줄을 풀어라!"

그는 허벅지를 벌리고 장난스럽게 몸을 뒤흔들었다.

그의 사타구니를 가린 가면이 흔들렸다. 그리스신화에 나오는 오디세우스가 그의 개념이라니. 우스꽝스러운 장면이었다. 보스와 금융 회의를 할 때마다 귀에 박히도록 들었던 '개념'이라는 말을 전동 휠체어에 앉아 있는 '오디세우스'가 말하니 개념이라는 단어마저 전혀 다르게 들렸다.

"개념이란 단어의 가장 본질적인 의미를 말하지."

그는 공기 방울을 만들어내는 금붕어처럼 입을 크게 벌렸다. 전동 휠체어에 몸을 묶은 채 앉아 있는 그의 개념은 도대체 무엇이란 말인가. 이해할 수도 없고 짐작할 수도 없었다. 그가 내게 보여주거나 알려주고 싶은 게 무엇인지도 알 수 없었다.

"아, 내 스스로 개념이라고 하나 우습군. 아니 개념의 망명이라고나 할까. 망명의 순간에 있는 개념이라고나 할까…… 이런 나를 자네는 어떻게 정의하겠나? 어떤 언어로 명백히 설명하고 규정하겠나. 불투명할 뿐이지."

그는 조명이 꺼져가는 무대에서 혼자 중얼거리는 연극배우처럼 보였다. 세이렌이 뒤에서 다가와 휠체어에 묶인 그의 몸을 등 뒤에서 안고 그의 양쪽 목덜미에 번갈아가며 입술을 대었다. 세이렌의 녹색 립스틱이 판화 흔적처럼 그의 목에 계단 모양으로 찍혔다.

"여기는 낯선 곳이군요. 개념의 망명이거나 망명의 순간에 있는 개념이라는 말을 들으니 어렵고 도무지 무슨 뜻인지 알 수가 없습니다. 강 선배가 하는 말과 행동들이 다 저를 낯설고 놀라게 합니다. 현실과 비현실적인 차이가 무엇인지도 혼란스럽군요. 정신이 허술해집니다. 스피커에서 새어 나오는 저 여인의 급박한 외침이 내 몸을 공중에 붕붕 뜨게 하다가는 한순간 내려앉게 하는군요.”

나는 술기운이 조금씩 올랐지만 애써 침착해지려 했다. 바닥의 조명과 바닥에서 30센티미터 정도 위의 벽 속에 들어 있는 조명이 붉고 파랗게, 녹색으로 바뀌어가며 실내를 물감 칠하듯 비추고 있었다.

그는 눈을 감았다가 떴다.

“그런가? 저 흥분된 교성은 아마레의 주인, 세이렌이 내는 소리이지. 클래식 음악에다 세이렌은 절정에 이르기까지 지르는 소리를 함께 녹음해두었지. 그래서 나는 몸을 묶었어. 신화에 나오는 이야기처럼 말이네. 오디세우스가 어부들에게는 귀마개를 하게 했지만, 왜 자신은 귀마개를 하지 않고 돛대에 몸을 묶으라고 했겠나? 그 이유는 세이렌의 노래가 얼마나 아름답고 신비하길래 어부들이 배를 몰고 섬으로 달려가 난파되는지, 그 노래를 듣고 싶어서였지. 나는 머나먼 신화 속의 세이렌에게 달려가기 위해 선원들에게 명령을 내린다. 밧줄을 풀어라! 그러나 아무에게도 들리지 않아. 다들 귀를 막고 있으니까.”

그가 앉아 있는 휠체어 오른쪽에 부착된 유리병 안에는 마른 잎 가루가 타고 있었다. 바닥이 플라스크처럼 둥글고 주둥이가 길고 오목한 유리병 밑에는 램프 불꽃이 파랗게 타올랐다. 유리병 밖으로 장미꽃 냄새가 빠져나왔다.

그를 등 뒤에서 안고 있는 세이렌은 젖가슴이 반쯤 드러난 초록색 긴 드레스를 입고 있었다. 드레스 끝자락이 그녀의 복숭아뼈 주위를 탁탁 쳤다. 그녀가 술병을 들고 다가와 내 잔에 위스키를 넘치게 따랐다. 스피커에서는 관현악기의 음을 따라가듯 낮게 흐느끼다가 갑자기 비명처럼 내뱉는 세이렌의 드높은 교성이 튀어나왔다. 그 소리 뒤에 타악기처럼 남자의 낮고 무너지는 듯한 숨소리가 배경처럼 희미하게 들렸다가 사라지곤 했다.

"이건 야생 대마 잎이야. 마리화나!"

그는 고개를 숙여 유리병 끝에 코를 대고 연기를 깊숙이 빨아들였다가 내뱉곤 했다. 잎 연기를 들이마시는 그의 표정은 마리화나가 가져다주는 일시적인 환각일 수도 있었다. 나는 그녀가 따라준 위스키를 단숨에 마셨다. 그는 웃음을 툭툭 흘려가며 점점 말이 많아졌다.

"야생 대마 잎에 독한 위스키를 적셔 말리면 아마레만의 마리화나로 탄생하지. 여기에 장미꽃 기름을 몇 방울 떨어뜨리면 역한 냄새가 나지 않아. 장미꽃 1킬로그램으로 만드는 기름은 몇 방울이 되지 않지. 연기를 들이마시면 폐 안에는 장미꽃 향기가 가득해지면서 푸른 장미꽃 같은 날들이 펼쳐지지."

그는 내가 암스테르담에서 그와 함께 보냈던 보름간의 모습과는 완전하게 달랐다. 그 이전 뉴욕에서 같은 직장에서 일했을 때도, 서울에서 잠시 함께 근무했을 때도 보지 못했던 모습이었다. 십오 일간 내내 그가 지사장을 맡고 있는 암스테르담 지사의 자금 입출입 서류와 서울 본사 울프(WOLF, World Of Lucky Fund)와의 자금 거래 자료, 거래 통장, 울프가 인수했던 암스테르담 라이크스증권의 재무제표 등등 회계감사에 필요한 파일과 서류를 늘어놓아두고는 거의 말이 없었다. 그는 컴퓨터에 관련 자료 파일을 띄워놓고는 창밖의 암스테르담 거리를 오래 내다보곤 했다. 가끔씩 그는 혼자 파란 자전거를 끌고 나가 운하를 따라 타고 갔다가 맥주와 팬케이크, 감자튀김을 사가지고 들어왔다.

내가 회계감사 하는 중에 그는 이런 말을 했다.

"자네가 모르는 것도 있을 거야. 그런 건 자네 업무와 상관도 없어. 보스와 나만의 계약이지. 그건 서류상에 전혀 드러나 있지 않아. 우린 각자의 임무를 다하면 그만이지. 각자 말이네. 말하자면 모든, 결정된 운명은 없어. 부주의한 운명만이 있을 뿐이지."

"강 선배, 운명이라니요? 지금 이 일이 운명과 무슨 상관이 있는지 모르겠습니다. 나는 본사에서 보스 지시를 받아 회계감사를 하러 왔을 뿐이지요. 부주의한 운명이라는 말을 들으니 알 수 없는 함정이 있는 것은 아닌지 덜컥 겁이 납니다. 보스도 선배도 저보다 훨씬 고수이니까요."

"회계감사는 원칙대로 하면 되니까 신경 쓸 거 없어. 우리가 아무리 주의하고 살핀다 해도 운명은 언제나 부주의한 선택을 하라고 부추긴다는 생각이 들어서 하는 말이네."

그의 말을 이해하는 데는 시간이 오래 걸리지 않았다. 울프의 보스가 출장을 지시하며 내게 했던 말이 떠올랐기 때문이었다. 보스는 출장을 나서는 내게 그가 부주의한 선택을 하지 않기를 바란다는 말을 덧붙였다. 보스가 말한 부주의한 선택과 그가 말한 부주의한 운명의 차이점이 무언지 나는 알 수 없었다. 다만 그게 서로 크게 다를 바가 없으리라는 기분이 들었다.

보스가 말한 부주의한 선택이란 그가 암스테르담 지사장을 그만두고 다른 곳으로 간다는 결정이 잘못된 선택이라는 뜻이다. 그가 말하는 부주의한 운명의 결정이란 지금까지와는 전혀 다른 궤도 이탈을 의미했다. 그게 어떤 차이점인지 나와는 상관없는 일이었다. 두 사람 사이의 계약이 무언지도 알 수 없었지만 궁금하지도 않았다. 아마레에서 벌거벗은 몸을 전동 휠체어를 묶고 나타난 그의 모습을 보는 것만으로도 나는 판단의 혼란 속에 이미 한 발을 들여놓았기 때문이었다. 머릿속은 유리병 밖으로 새어 나오는 마리화나 연기와 성숙한 여자의 속살처럼 강렬하고 달콤한 장미꽃 냄새가 뒤섞여 몽롱해졌고 빗줄기에 얼룩지는 유리창처럼 갈수록 흐릿해지고 있었다.

"눈에 드러나지 않는 사태에 미리 고민할 필요는 없네. 스스로 드러날 테니까."

그는 내가 알아들을 수 없는 말을 계속하고 있었다.

나는 위스키를 두 잔 더 마셨다. 이제 보스가 지시했던 일은 다 끝났으니 취해도 괜찮다는 생각이 들었다. 그는 마리화나 연기를 아주 가늘게 내 얼굴을 향해 품었다. 전동 휠체어에 앉아 있는 그와 나와의 거리는 절룩거리는 내 발걸음으로 세 걸음 정도 떨어져 있었다. 깡마른 턱에다 냉정한 눈빛을 가지고 있는 보스, 리처드 김의 무표정한 얼굴이 마리화나 연기 속에서 나타났다가 흩어졌다.

그는 빙그레 웃다가 유리병에 코를 대어 연기를 깊이 들이마시고는 눈을 가늘게 뜬 채 말했다.

"자네도 곧 익숙해지겠지. 나도 처음에는 낯설고 이해하기 어려웠지. 이해하려고 하지 말게, 느끼면 되는 거야. 여긴 마리화나의 천국이지. 법적으로도 허용되어 있네. 동성 간의 결혼도 합법화되어 있고. 중앙역 앞에서 자네도 보았지만 매춘도 국가가 간섭하지 않아. 해가 지고 어둠이 찾아오면 역 근처에서 여인들은 기차에서 내린 관광객들에게 밤을 팔지. 물론 안락사의 권리도 허용되어 있어. 섹스와 죽음은 극히 개인적인 것이니까. 그건 그들의 자유야. 이런 자유는 여기서는 너무 흔하지. 늙으면 국가가 보살펴주지만, 늙기 전까지는 뼈 빠지게 세금을 내어야 하지. 세금을 내고 규칙을 지키는 게 자유의 대가이네. 여기서는 어떤 이유로도 차별을 받지 않네. 종교적인 이유로, 신념과 가치가 서로 다르다는 이유로 비난받지 않아.

난 보스의 안목이 탁월하다고 생각하네. 세계 금융의 출발지인 암스테르담에서 금융 거점을 마련했으니까. 암스테르담에서 세계 최초로 증권거래소가 생겼고, 선물거래도 여기서 처음 시작했으니까. 금융 이자도 쌀 뿐 아니라 보스에게 위탁한 검은 돈들이 여기서 새 옷을 입고 있지. 검은돈이라니 이상하게 생각하지 말게나. 모든 돈은 다 검어. 그런 검은돈들이 어느 순간 흰 눈덩이처럼 굴러가지."

"그게 검은돈이든 흰 돈이든 저와는 아무 상관이 없습니다. 관심도 없고, 다만 이익만 남기면 그만입니다."

"그건 바보들이 하는 짓이지. 보스는 달라. 그의 전략은 분명하네. 암스테르담에 울프가 진출한다는 건 하나의 상징이지. 금융권의 출발지에 역사적 근거를 마련한다는 의미 아니겠나. 울프는 고급 전통과 격조가 있는 투자회사로 단계가 상승하고, 투자자들은 고급스러운 상징에 판단을 맡긴다네. 어리석지만 그게 투자 판단의 제일 법칙이지. 행운의 돈으로 세계를 정복한다! 울프의 행동 강령대로 행복한 돈으로 정복한 세계가 행복해질까? 그게 행운의 돈이든 늑대의 돈이든 결과와는 어떤 상관도 없지 않겠나?"

그는 말이 많아졌고, 나는 바보들이 하는 짓이라는 그의 말에 얼굴이 붉어졌다. 술기운이 확 올랐다. 그가 나를 건너다보았다. 그의 눈빛은 울프와 자신이 무슨 상관이 있느냐는 듯 되묻고 있었다. 볼레로가 몇 번이나 되풀이되었고, 음악이 바흐의 〈첼로 무반주 조곡〉으로 바뀌면서 세이렌이 내지르는 신음소리는 첼로 소리와 뒤섞여 고음과 저음을 되풀이하며 메아리처럼 울렸다.

세이렌이 초록색 술잔을 들고 그와 나 사이의 이야기를 흩트리기라도 할 듯 소파 옆으로 와서 내 얼굴을 쓰다듬었다. 그녀의 손길은 가벼웠다. 그녀의 오른손 가운뎃손가락의 녹색 인조 손톱 끝이 나의 왼쪽 눈썹에서 오른쪽으로 움직이며 그의 얼굴을 내 시선으로부터 가로막았다. 세이렌의 손끝이 움직일 때 나는 피부마다 눈동자가 숨어 있다는 것을 처음 알았다. 가로등이 꺼졌다 켜졌다 하듯 눈앞이 밝아졌다 어두워졌다 했다. 눈썹이 꿈틀거렸고 점점 온몸이 흐느적거리고 파르르 떨렸다.

2

붉은색, 푸른색, 녹색으로 번갈아 바뀌어가는 실내조명 아래서 세이렌의 나이가 얼마인지는 알 수 없었다. 목덜미에는 실주름조차 잡혀 있지 않았다. 녹색 인조 손톱과 긴 속눈썹, 웃음을 지을 때마다 눈 끝에서 흘러내리는 유혹의 그림자들, 길게 늘어뜨린 녹색 원피스 안에서 출렁이는 젖가슴은 둥근 공을 반으로 자른 것처럼 탄탄하게 보였다. 녹색으로 염색한 굵게 웨이브진 긴 머리카락이 그녀가 움직일 때마다 움푹 파여진 쇄골 주위를 쓸어내렸다.

"저 여자 어디서 많이 본 것 같은 느낌이 들지 않나?"

나는 세이렌의 얼굴을 보았다. 본 적도 스친 적도 없는 얼굴이었다. 나는 대답 대신 고개를 가로흔들고 위스키 잔에 술을 따랐다.

그가 말했다.

"자세히 보게나. 저 녹색의 머리, 가슴골이 파인 녹색의 드레스. 스타벅스 입구에 붙어 있는 얼굴이야. 스타벅스는 그리스 신화에 나오는 세이렌의 이미지를 상표로 만들었어. 그러나 여기, 우리의 세이렌은 신화가 아니라 현실이지. 볼레로와 〈첼로 무반주 조곡〉 속에서 그녀는 절정으로 달려가는 노래를 부르고 있어."

실내에 옷을 입고 있는 이는 세이렌과 이십대 초반으로 보이는 웨이트리스 셋, 그리고 나밖에 없었다. 그림자처럼 움직이며 서빙을 들고 있는 세 아가씨의 이름은 하나같이 렌이었다. 손님들이 "렌!" 하고 부르면 그림자처럼 다가가 실팬티로 가린 엉덩이를 높이 들고 그들의 입에 귀를 대는 뒷모습은 통통한 당나귀의 궁둥이를 보는 듯했다. 배가 튀어나오고 흰머리를 가진 노인이 렌의 엉덩이에다 채찍질을 하고 있었다. 렌은 엉덩이를 더 높이 들고 노인의 입 쪽으로 엉덩이를 내밀며 카아, 카아 하고 소리를 질렀다. 채찍을 맞을 때마다 렌의 젖가슴을 가린 두 개의 아인슈타인 가면이 벌렁거렸다. 그것은 전혀 실체가 없는 그림자들이 하는 군무처럼 보였다.

"저 노인네, 또 발정 난 것처럼 헐떡이는군. 여기 대법원 판사일세. 그가 스스로 말했으니까 알 뿐이야. 우린 서로 어떤 질문도 하지 않으니까. 이렇게 늙어가는 인생이 견딜 수 없다고 하더군. 그래서 저렇게 렌의 엉덩이를 채찍으로 후려치곤 한다네. 젊은 여자의 엉덩이보다 완전한 게 없다고 하네. 그렇다고 시간을 멈출 수는 없네. 늙는다는 것은 쓸쓸한 일이지, 발정은 아름답지만. 저렇게 채찍질을 하고 나서는 렌에게 가죽 채찍을 손에 들려주고 자신을 때려달라고 무릎을 꿇고 빈다네. 여기서는 빈센트라고 불러. 빈센트 반 고흐 말이네. 귀를 붕대로 매고 나타나기도 하고 까마귀 가면을 덮어쓰기도 하고 해바라기 꽃송이를 손님들에게 나눠주기도 해. 여기 손님들은 하나같이 자신의 개념이 있어. 보게나, 나처럼 사타구니에 가면을 차는 이도 있고 얼굴을 가리는 이도 있고 머리꼭지에 뒤집어쓴 이도 있어. 젖가슴에 다는 여인도 있지."

"정말 본질적이군요."

나는 건조하게 말했다. 내가 입고 있는 양복과 푸른 셔츠가 옥죄는 듯한 기분이 들었다.

"아무도 통제하지 않네. 본질은 통제당하지 않아. 이게 불행이지."

나는 그의 말을 이해할 수 없었지만 더 묻지 않았다. 탁자에 놓인 위스키 잔이 넘어졌고 그 안에 든 술이 쏟아졌다. 세이렌이 오른손으로 위스키병을 입에 넣어 술을 털어 넣고는 내 입술로 옮겨주었다.

채찍질을 할 때마다 노인의 사타구니에 붙은 아인슈타인의 가면이 달랑거리고 불룩 튀어나온 배가 출렁거렸다. 나의 이마 위로 차가운 액체가 떨어졌다. 세이렌이 왼손에 든 압생트 잔을 내 이마에 대고 기울였다. 그녀는 흘러내리는 초록색 술을 혀로 핥았다. 압생트는 이마에서 콧등을 타고 흘러 양쪽 뺨으로 번져나갔다.

얼굴에 아인슈타인 가면을 쓰고 어깨 견장에 별을 두 개 단 해군 제독 차림의 남자가 바지와 팬티를 벗어 던지고는 유리창에 이마를 대고 창밖을 내다보다가 돌아서서 그를 발견하고는 큰 소리로 불렀다.

"오, 오디세우스!"

"오, 트롬프 제독!"

둘이 아는 사이인 모양이었다. 그를 향해 두 손을 높이 든 해군 제독의 시든 성기가 아랫배 밑에서 마른 풀잎처럼 흔들렸다. 해군 제독이 벽에 매달린 파랑 변기에 머리를 넣고 지친 듯 벽에 두 손을 짚고 서자, 축 늘어진 엉덩이가 보였다.

"조선의 이순신 장군처럼 트롬프는 17세기 네덜란드의 위대한 해군 제독이지. 마르턴 트롬프(Maarten Tromp). 나는 퇴역 해군 제독을 이렇게 부른다네."

갑자기 세이렌이 까르르 웃으며 소리쳤다.

"스티븐, 당신의 친구는 초록색 눈물을 가지고 있군요!"

"오, 세이렌, 당신은 언제나 초록색이었지. 이 남자도 식물 같아. 이름은 인수, 성은 허, 서른세 살의 남자지."

그가 내 이름을 세이렌에게 알려주자 세이렌의 뺨이 내 콧등에 닿았다. 그녀의 살갗은 유리처럼 차가웠다. 그녀는 손을 뻗어 그의 휠체어를 내 앞으로 당겼다. 그러고는 내 머리카락에 두 손을 부드럽게 집어넣더니 내 코를 그의 유리병 쪽으로 당겼다. 그녀의 손길에 내 몸을 순순히 맡기자 유리병 속의 연기가 콧속으로 빨려 들어왔다. 어느새 나의 등 뒤에 선 그녀는 내 목덜미를 쓰다듬고는 열 손가락을 셔츠 안으로 넣어 내 양쪽 가슴을 긁었다. 갑자기 그녀의 두 손이 아랫배 쪽으로 확 내려갔다.

연기 탓이었을까.

피부 속에서 혈떡이는 감각이 빛을 뿜어댄다는 느낌이 들었다. 물방울이 구르듯 옮겨 다니는 세이렌의 손길에 살갗이 파르르 떨렸다. 여기가 어딘지조차 알 수 없을 정도로 정신이 빠르게 빠져나갔다. 어떻게 내가 여기 와 있는지 나는 생각해보려 애썼다.

눈앞이 희미해졌다. 갑자기 초록색 보리밭이 눈앞에 나타났다. 눈앞에 드러나는 실내의 모습들, 무릎을 꿇고 때려달라고 하는 대법원 판사와 흔들리는 렌의 엉덩이, 그리고 바닥을 기어가고 있는 여자의 항문에 코를 처박고 뒤따라 기어가고 있는 남자 둘의 얼굴이 보릿대처럼 일렁거렸다. 장미꽃 냄새가 깊이 밴 마리화나의 힘이었을까. 갑자기 발바닥에서 뜨거운 기운이 확 일어나더니 종아리를 타고 정수리까지 급하게 치솟아 올랐다. 정수리가 확 열렸고 그 안으로 초록빛이 쏟아져 들어왔다. 어두워졌던 눈앞이 환하게 밝아졌다.

나는 보리밭 사이로 걸어가는 아버지의 등에 업혀 있었다. 의심과 불안이 사라졌고 나는 행복해지기 시작했다. 보리밭 풍경 속의 어린 내 모습을 더 자세히 보기 위해 나는 유리병 안으로 뛰어 들어가기라도 할 듯 코를 바짝 유리병 주둥이에 붙였다. 아버지는 나의 왼쪽 발을 손으로 쓰다듬고 있었다. 밤새 고열에 시달렸던 나는 조금도 아프지 않았다. 왼쪽 발은 오른발

보다 가늘고 짧아져 있었지만 하나도 슬프지 않았다. 그때는 두 발의 길이 차이도 별로 나지 않았다. 보리밭을 건너오는 바람 속에는 수수꽃다리 냄새가 가득히 묻어 있었다. 아버지의 등에서도 꽃 냄새가 났다. 한순간 나는 정말 행복했다.

그러나 그 장면은 오래가지 못했다. 그의 목소리가 보리밭 풍경을 지우개처럼 지워버렸다.

"꿈이 없는 난파선이 어디 있나?"

"아, 그렇지요……."

나는 정말 그렇다는 생각이 들었다.

그가 이어 말했다.

"난파당하지 않는 꿈도 없지."

그는 소리 없이 웃고 있었다.

그의 모습이 멀어졌다가 다가오곤 했다. 나는 고개를 끄덕거리며 유리병에 다시 코를 대고 사라진 보리밭 풍경을 찾아 나섰다. 눈앞에서 펼쳐지는 보리밭 풍경 속으로 다시 뛰어들고 싶었지만 다시 나타난 풍경에는 어린 나도 아버지도 보이지 않았다. 보리밭의 초록색 물결만이 몸속을 남김없이 채우며 나를 마비시켰다. 세이렌의 손가락은 배 속의 내장으로 실을 뽑아내는 거미처럼 나를 휘감고 있었다. 그녀의 손은 나의 정수리에서 뒷목을 스쳐 늑골을 타고 휘돌아서 허벅지 쪽으로 미끄러져 내려갔다. 나는 거미줄에 스스로 걸려들고 있는 날벌레였다.

그녀는 콧소리로 그의 이름을 불렀다.

"오, 스티븐! 당신이 데려온 이 남자가 나를 흥분시키고 있어. 이 남자, 기우뚱하고 불완전하거든. 오래된 기도와 견고한 믿음 같은 완벽한 것들은 위험해. 불완전한 것들을 다 없어지게 하니까."

영어로 흐늘거리듯 말하는 세이렌의 말은 대충 그런 뜻이었다. 불완전하고 기우뚱하다, 세이렌은 내 오른쪽 다리보다 왼쪽 다리가 짧다는 것을 그렇게 표현하고 있었다. 얼굴이 달아올랐다. 그것은 나의 의지와 상관이 없는 불가피한 오랜 치욕이었다. 소아마비를 앓은 뒤 일생 다리를 절며 살아야 한다는 상실감에 이미 익숙해져 있었지만, 그 상실의 흔적이 그녀를 흥분하게 만든다는 말에는 익숙해지지가 않았다.

그녀의 오른쪽 손가락 다섯 개는 다시 내 눈썹에서 속눈썹으로, 그리고 콧등을 타고 내려와 입술을 스친 다음 목덜미로 내려와 내 푸른 와이셔츠 단추를 하나씩 풀었다.

그녀의 손바닥이 절룩이는 내 왼쪽 다리의 발등에서부터 허벅지를 타고 사타구니를 스쳐 배꼽으로 무심한 듯 올라왔다. 그녀가 내 왼쪽 종아리를 쓰다듬을 때 나는 얼굴이 달아올랐지만 무엇에 붙잡혀 있는 듯 소파에 가만히 앉아 있기만 했다. 그녀의 손가락은 나를 난파선에 매달린 어부처럼 허물어뜨리고 있었다.

그는 휠체어에 앉아 소리 없이 웃고 있었다. 그가 움직일 때마다 마른 아랫배가 불룩거렸고, 사타구니의 털과 아랫배 사이를 가린 아인슈타인의 가면이 흔들렸다. 그의 성기가 얼핏 보였다가 가면 안으로 숨었다.

"완벽한가?"

그가 다시 물었다.

내 몸을 더듬는 세이렌의 손끝에 나는 몸을 움찔거리며 대답했다.

"극적이군요."

두 가지 점에서 그는 극적이었다. 빈틈을 찾을 수 없는 자금 입출입에 대한 그의 자료는 완벽하다기보다 극적이었다. 휠체어에 앉아 있는 그의 모습도 극적이었다. 내 말에 그가 웃음을 터뜨리자 그의 아랫배가 벌렁 솟구쳤다. 그의 사타구니에 있는 아인슈타인 가면도 뒤집어졌다. 세이렌은 내 입속으로 왼손 새끼손가락을 끝까지 밀어 넣고는, 오른손으로는 뒤집어진 가면 밖으로 튀어나온 그의 성기를 쓰다듬더니 그것을 다시 가면 안으로 밀어 넣었다. 설탕이 묻었는지 끈적끈적한 그녀의 새끼손가락은 달콤했다.

그가 고개를 흔들었다.

"자네에게는 극적일 수도 있겠지. 그러나 내게는 일상적이지. 너무 흔한 일이야."

그는 휠체어를 돌려 실내 한가운데 있는 빨강 변기 앞으로 다가갔다. 그가 일상적이고 너무 흔한 일이라고 일컬은 것이 휠체어에 탄 그의 상태를 말하는 것인지 그의 완벽한 금융 처리를 가리키는 것인지 파악할 수 없었다. 나는 세이렌의 애무에 몸을 맡겨두고는 딴전을 피우듯 실내를 느리게 돌아다보았다.

실내에는 반예술주의자라고 하는 마르셀 뒤샹(Marcel Duchamp)의 〈샘〉을 재현한 작품들이 아홉 개 설치되어 있었다. 예술작품과 일상용품의 경계를 허물면서 현대미술의 선구자로 불리는 뒤샹의 〈샘〉은 다름 아닌 변기였다. 아마레에 설치된 재현

품은 뒤샹의 작품과 형태는 같았지만 빨강, 파랑, 초록의 색깔이 들어 있었다. 세 개는 실내 바닥, 세 개는 유리 룸에 놓여 있고 나머지 세 개는 벽에 매달려 있었다.

그는 조금씩 웃고 있었다.

"이제 실내 인테리어가 눈에 들어오는가 보군. 뒤샹도 세이렌보다는 많이 단계가 낮아. 벽에 매달린 샘을 보게나. 빨강, 파랑, 초록의 샘들 말이네. 벽에 매달린 저 수세식 변기들은 우리가 배설물을 받아먹기 위해 기다리는 존재라는 것을 비로소 알게 해주지."

샘의 둥근 테두리 안에 달린 버튼을 누르면 샘의 구멍 속에서 위스키, 하이네켄, 와인이 샘물처럼 솟아올랐다. 벽에 매달린 샘 아래에는 대리석 욕조가 있었는데, 그 안에 군복 상의를 입고 나치 완장을 두른 삼십대 여자 둘이 들어가 있었다. 그녀들은 입술을 벌려 변기에서 흘러내리는 술을 머금고는 상대의 입술 속으로 넣어주고 있었다. 하체에는 아무것도 걸치지 않은 그 두 여자의 젖가슴과 사타구니에도 아인슈타인 가면이 달려 있었다. 욕조 밖에는 엉덩이에 아인슈타인 가면을 단 렌이 붉은색 긴 수건을 들고 서 있었다.

실내의 붉은색 샘 안에 얼굴을 처박고 엎드려 있는 블론드 머리의 여자 엉덩이에 하체를 밀어붙이고 있는 근육질의 빡빡 머리, 스킨헤드 남자는 "모든 것은 끝났다!"고 소리치고 있었다. 두 사람이 커플인지 여기서 만났는지는 알 수 없었고 다들 관심도 없었다. 그건 둘만의 관계였다. 샘에 엎드린 여자를 흥분시키고 있는 남자의 맨머리 위로 흐르는 땀이 파란 조명에 비쳐 번쩍거렸다. 여자가 상체를 샘 위로 들어 올리고 얼굴을 뒤로 돌려 입술을 뾰족하니 내밀어 근육질의 남자 입술에 포갰다. 그녀의 다리가 컴퍼스처럼 확 벌어졌다. 둘은 서로 어깨를 껴안은 채 두 번째 유리 룸 안으로 들어갔다.

"걱정하지 말아. 아무도 우리를 기억하지 않아. 나 자신도 나를 기억하지 않네. 여기 우리는 아무도 기억하지 않아. 서로 관심이 없어. 막막한 자유만 있어. 저 창밖의 내일을 견디기 위해서 나는 아마레를 찾아오곤 했지. 나를 견디기 위해서. 여기서는 아무도 상대에 대해서 묻지 않아. 스스로 말할 뿐이지. 우린 언제나 우아하지 않았나? 고귀했지. 여기에는 또 다른 현실과 또 다른 방식의 우아함과 절망적일 정도의 자유와 아름다움이 있지. 내일의 안락함, 평화, 희망 이런 것 따위에 더 이상 혹사

당하지 않기 위해서 말이네."

그는 유리병에 코를 대고 연기를 들이켠 다음 휠체어를 타고 실내를 한 바퀴 돌았다. 세 가지 색으로 바뀌어가는 조명 속으로 그는 움직였고 그 색들이 합쳐지는 곳에서 그의 모습은 하얗게 변했다가 어둠 속으로 내려앉아 보이지 않았다. 나는 세이렌의 포로가 되어 있었다. 소금 기둥처럼 손끝 하나도 움직이지 못했지만 몸의 감각과 청각, 시각이 현미경처럼 정밀하게 살아났다. 이 녹색 여인은 내 머리를 안고 자신의 젖가슴을 물게 했다. 입을 벌리고 있는 내 가슴속에 이유 없는 비통함이 깃들었다. 정확한 정체를 알 수 없는 비통함이.

나 자신의 모든 것이 실패해버리고 말았다는 절망감과 불가해한 슬픔이 느닷없이 밀려왔다. 마리화나 연기와 장미꽃 냄새 탓이었는지도 모른다. 나는 입안으로 밀려오는 세이렌의 탄력 있는 젖가슴에 숨이 막혔다. 그녀에게서도 장미꽃 냄새가 났다. 그녀는 나의 목을 깍지를 껴 두르고 허리를 뒤로 젖히며 턱시도를 갖춰 입은 내 상의를 발끝으로 벗겼다.

나는 그녀가 손을 문대면 거품이 일어나는 비누였다. 옷이 벗겨지고 나비넥타이가 풀어지고 푸른 셔츠가 바닥으로 떨어졌다. 그녀는 발가락을 움직여 나의 바지를 벗겼고 엉거주춤하니 실내 소파에 앉아 있는 나를 일으켜 첫째 룸으로 데리고 갔다. 힐끗 본 룸의 입구에는 이렇게 적혀 있었다. 코기토 에르고 숨(Cogito ergo sum). 흰 엘이디 조명이 꺼졌다 켜졌다 했다. 처음 아마레에 들어섰을 때 그가 내게 세 개의 룸에 대해 설명해 준 것이 떠올랐다. 어쨌든 내가 들어선 첫째 방에는 붉은 침대가 길게 놓여 있었고 가운데 붉은색의 샘이 있었다. 그리고 그가 기다리고 있었다.

3

내가 세이렌의 손에 이끌려 룸으로 들어서자, 그는 허리를 굽혀 가운데 놓인 붉은 샘에 얼굴을 처박아 위스키를 들이켜고는 이어 유리병의 주둥이에서 빠져나오는 연기를 마셨다.

그가 말했다.

"오, 코기토 에르고 숨! 환영하네! 일단 생각하고 의심하지 않으면 존재하지 않으니까. 그렇지 않나? 모든 질문만이 우리에게 언어가 왜 있어야 하는지를 알려준다고 했으니까. 그와 같아. 섹스도 사랑도 질문에서 비롯되지. 왜 우리는 사랑을 하고 왜 우리는 섹스를 하는지. 그래서 어디로 가는지……."

나는 점점 흐릿하게 보이는 그를 향해 물었다.

"어디로 갑니까?"

"어디로? 난파선처럼 떠나지. 떠나야만 알 수 있겠지. 사랑은 늙을까? 아, 사랑은 늙지 않을 거야, 다만……."

그때, 세이렌이 내 귀에 대고 말했다.

아마레, 아마레…….

그녀의 목소리는 쉼 없이 되풀이되는 주문이었다.

이해할 수 없는 일들이 일어나고 있었지만 나는 그 속에서 벗어날 수가 없었다. 마리화나 연기와 술기운 때문이었을까. 아마레, 아마레. 그녀가 내뱉는 숨소리는 거친 바람 소리처럼 되풀이되었다. 그제야 나는 아까 그와 같이 이 카페에 들어서며 '아마레'라는 말을 오래전 들은 적이 있다고 생각했던 것이 떠올랐다. 벌거벗은 낯선 모습들, 유리병 안에서 새어 나오는 연기, 약에 취한 얼굴들. 그리고 "완벽한가?" 하고 되묻는 그의 목소리가 기억을 잠시 가로막았을 것이다. 아마레, 그 단어의 출처가 그녀의 목소리를 타고 검은 기억의 밑바닥에서 솟아올 랐다.

"아마레, 아마레, 사랑한다는 이 라틴어는 동시에 비통하다, 쓰디쓰다는 의미도 가지고 있어."

나의 내부에서 완벽하게 사라졌다고 믿었던 목소리가 눈앞으로 스산하게 지나갔다. 나는 그 목소리를 지우기라도 할 듯 대담하게 세이렌의 초록색 원피스 앞섶 안으로 손을 넣어 도드라진 젖꼭지를 잡아 비틀고 있었다. 그녀는 새가 날개를 펴듯 두 손을 머리 위로 올리며 겨드랑이를 내 입술 앞으로 내밀었다.

그가 우리 두 사람의 모습을 먼 풍경을 보듯 턱을 쳐들고 보고 있었다. 붉은 조명 아래 드러나는 그의 턱수염과 축 처진 어깨, 묶인 상체와 발목이 내 앞으로 스르르 다가왔다. 나는 유리병에 코를 대고 마리화나 연기를 깊이 들이켰다. 그러나 보리밭 풍경은 나타나지 않았고 추위가 몰려왔다. 나는 몸을 떨고 있었다. 세이렌이 침대 위로 나를 누이고는 자신의 몸으로 나를 덮었다. 다음으로 그의 목소리가 담요처럼 내 몸 위로 내려앉았다.

"자유롭게 태어나는 인간은 없어."

몸은 꼼짝할 수 없을 정도로 마비되어갔지만 이상하게도 그가 말하는 소리는 또렷하게 들렸다.

"자네에게 보여주고 인계해줄 게 이것이야. 암스테르담에서 삼 년간의 모든 결산이 이것일 수도 있어. 우린 금융의 노예로 살고 있지. 노예에게 사랑의 개념은 조금도 바뀌지 않았어. 순수한 사랑은 매일 경험에 의해 출발하지만 매일 경험에 의해 더럽혀지지. 절대적인 사랑은 없네, 절대적인 시간이 없는 것처럼. 무수한 진폭이 기다리는 금융 그래프와 같지. 다만 우리가 한 지점을 선택할 뿐. 부주의하거나 주의하거나 상관없이. 아무리 정교한 선택이었다 해도 그것의 성공 확률은 기대와는 전혀 다르지. 희미해. 그러나 우리는 여전히 순수하고 완벽한 사랑을 꿈꾸네. 그래서 모든 사랑의 개념은 알타미라동굴의 벽화와 같아. 오래된 추억이지. 돈도 그럴 거야. 달러든 유로든 실패한 자본주의자의 현찰일 뿐이지. 그래서 우리는 질주하는 짐승 같아. 그러면서 자신을 경멸하고 증오해. 타인은 더 경멸하고 증오하지. 짐승은 그러지 않는데 말이야."

점점 그의 목소리가 높아졌다. 몸이 한 부분씩 차례로 세이렌의 내부로 느리게 빨려 들어갔다. 세이렌의 숨소리가 점점 높아졌고 나는 조금씩 몸이 해체되어갔다.

그가 룸을 나가다가 전동 휠체어를 돌려세웠다.

"세이렌이 내게 가르쳐주었지. 잊히지 않는 것은 사랑이 아니라고. 닿을 수 없는 것, 만져지지 않는 것은 사랑이 아니라고. 그와 동시에 사라지지 않고 떠나지 않는 것도 사랑이 아니라고."

마흔 살의 저 남자는 내가 알고 있던 모습이 아니었다. 그는 빈틈없고 말이 없고 냉정하고 정확하고 빠른 판단을 가진 황금 두뇌의 남자였다. 그의 목소리는 바람 소리처럼 빠르게 스쳐갔다. 세이렌의 손길이 정신을 차릴 수 없을 정도로 내 몸 위를 화인을 찍듯이 지나가는 사이로 그의 목소리가 메아리처럼 흩날렸다.

"우린 각자의 임무를 다했네. 이 모든 것, 이게 우리가 알고 있는 다가 아니라 해도……."

빙하처럼 무겁고 차가운 내 몸을 감싸는 그녀의 몸은 공중에 뿌려지는 꽃잎처럼 아름다웠고 무쇠 난로 속의 석탄처럼 뜨거웠다. 그때 나는 비로소 알았다. 왜 그리스신화에 나오는 어부들이 세이렌의 노랫소리를 따라가다 난파당하는지. 그 노랫소리가 얼마나 아름다운 노래이고 어떤 곡조를 지닌 노래인지도. 그것은 세이렌이 오르가슴으로 솟구쳐 오르며 내지르는 절정의 곡조였다. 그 노래는 처음에는 낮고 흐느끼는 듯했고 파도처럼 솟구쳐서 내 머리를 삼키는 거대한 자궁처럼 깊고 아찔했다.

나는 발가벗겨졌고, 세이렌은 내 몸 위에다 압생트를 부었다. 갈비뼈에서 늑골까지, 배꼽에서 허벅지까지 초록 방울이 흘러내려갔다. 그 감촉은 서늘했고, 그녀의 입술이 지나가자 뜨겁게 솟구쳤다. 그녀의 입속으로 몸이 빨려 들어가면서도 나는 한 가지 의심이 들었다.

이 여자는 처음 본 내게 왜, 갑자기 집중하는가?

다리를 절룩이는 불완전함을 가지고 있다는, 그 사소한 이유 이상의 무엇이 있을까. 그러나 그 질문은 금방 와해되고 말았다. 나를 절벽으로 내몰아 세울 듯 그녀가 온몸을 밀착해왔기 때문이다. 나는 번지점프를 하고 있었다. 그것이 내 의지와 상관없다고 말할 수는 없었다. 심장이 불규칙적으로 뛰었고, 어디에도 피신처는 없으리라는 막막함이 들었다. 다시 눈앞으로

초록색 보리밭 풍경이 나타났고 몸이 풍선처럼 부풀어 어디론
가 날아갔다. 추위는 사라졌고 자궁 속처럼 안온한 느낌이 들
며 설탕처럼 나는 녹아내리기 시작했다. 스피커에서 드높게 번
져나가는 신음처럼 세이렌의 숨소리가 수직 얼음 절벽을 찍어
오르듯 가팔라지고 있었다.

아래
down

나의 집, 막 베어져 아직 향이 나는 새 나무로 만든 벽으로 된 집.
삐걱거리는 복도, 폭풍을 불러오는 남쪽의 바람이 부는 집. 얼어붙은
깃털을 가진 이름 모를 새들이 날아드는 곳. 나의 노래가 자란 곳.

— 파블로 네루다,「나의 집」

1

　암스테르담에서의 마지막 밤, 그는 자신이 즐겨 다니는 단골 카페를 같이 가자고 제안했다. 나는 복잡한 숫자로 이루어진 장부를 덮고 자료 파일을 닫고는 안경을 벗었다. 눈이 쓰렸다. 창밖을 보았다. 오후 다섯시, 비옷을 입은 이들이 자전거를 타고 지나가고 있었다. 키 큰 사람들이 비옷을 입고 느리게 움직였다. 암스테르담에서 봄날은 흐리게 지나가고 있었다. 유리창에 매달린 물방울이 볼록거울처럼 운하를 지나가는 유람선을 품었다가 주르르 미끄러져 창틀에 부딪쳤다.

　"아주 특별한 술집이지. 못 견디게 쓸쓸해지면 그곳으로 가곤 했네. 그곳에 들어서면 손님들은 누구든지 함께 어울릴 수 있네. 동시에 어느 누구와 어울리지 않아도 좋은 곳이야. 그곳에서는 아무도 과거를 묻지 않아. 미래도 말하지 않네. 오직 스스로 진술할 따름이지. 모두가 자신에게만 귀를 기울이지. 혼자 오기도 하고, 커플끼리도 오고 친구끼리도 와. 한 사람은 다른 한 사람을 초대할 수 있지. 문을 열고 들어서면 거기서 나갈 때까지 세포 하나하나가 다 열리는 체험을 하게 될 거야."

그곳이 아마레였다.

다음 날 밤 비행기를 타고 나는 서울로 돌아가야 했다. 현지 회계감사도 다 끝났다. 돌아가서 출장 보고서를 쓰는 일만 남아 있었다. 단골 카페에 가자는 그의 제안은 뜻밖이었다. 금융 거래를 파악하는 시간 동안 그는 우울해 보였고 거의 말이 없었다.

내가 회계 서류를 마무리하자 그는 맥주잔을 건네며 서울에서 일어났던 광우병 데모 이야기를 입에 올렸다.

"서울에서 광우병 때문에 촛불 집회를 하고 난리가 나는 동안 여기서도 미국에서도 광우병이 뭔지도 모르고 살고 있어. 아마 틀림없이 몇 년 가지 않아 한국은 미국산 소고기를 갈수록 많이 수입하게 될 거야. 내가 서울을 떠난 지 오래 지나서 현실감각이 없어서인지도 모르지만 왜 광화문이며 시청 광장이 촛불 시위대로 뒤덮였을까 이해할 수가 없더군. 정말 무섭도록 이해할 수 없어. 차라리 강을 뒤집어놓는 4대강 개발 반대 촛불 시위를 했다면 덜 불안했을까. 강을 뒤덮고 물길을 똑바로 내는 짓은 예나 지금이나 세계 어디서나 재앙이니까. 4대강 개발 반대 시위가 실패로 끝난다 해도 그랬다면, 정말 다행이었겠지."

"그런 일에 별로 관심이 없어서요. 선배는 뉴욕에서 오래 살았고 한국 생활은 별로 하지 않았으니 이해하기 어렵겠지요. 그런데 무슨 근거로 미국산 소고기 수입이 많아진다고 합니까?"

그는 하이네켄을 마셨고 감자튀김을 먹었다. 그의 턱수염과 콧수염에 맥주 거품이 묻었다. 나는 안경을 닦았다.

"비즈니스 스쿨 출신이 그걸 예측 못 해서는 안 되지. 그게 바로 돈의 힘이야. 돈과 진실은 아무 상관이 없는 법이네. 미국에서는 광우병보다 비만으로 죽은 사람이 더 많아. 또한 한국의 소고기 수입업자들로서는 미국산 소고기를 수입하는 게 훨씬 이익이 많이 남지. 그게 현실이고, 현실은 진실 이상의 파괴력이 있어. 머지않아 아무도 광우병을 기억하지 않을 거야. 사전에 누워 있는 단어에 불과하게 되겠지. 촛불을 들었던 손도 잊어버릴 거야. 자신에게 불리한 기억을 완전히 지우는 거지. 촛불을 들었던 날짜도 잊을 것이네. 기억을 지우는 순간 자신의 본래 모습도 사라지겠지만 그것조차 기억하지 않을 거야. 이건 광우병의 문제가 아니야. 멀리서 광우병 시위를 바라보면서 나는 두려움을 느꼈네. 어떤 불행의 화살이 이미 활시위를 떠나 사람들 가슴에 박히고 있다는 설명할 수 없는 불안감을 느낀 거지. 다리를 건너며 구령에 맞추는 발처럼 서로 마주 보며 집단적으로 내달리고 있어. 치킨 게임처럼. 그러나 기억을 지우지 않는 것에서부터 행복의 근거가 마련되지 않겠나. 모든 획일성이 저렇게 촛불처럼 지나가지. 그러나 그것은 지나간 것이 아닐 거야……."

그의 말은 비약이 심했다.

왜 불행의 화살이 사람들 가슴속으로 날아가 박히는지에 대해서도 그는 어떤 설명이 없었다. 사실 설명한다 해도 나는 알아듣지 못했을 것이다. 나는 창밖으로 고개를 돌렸다. 빗속에서 관광객들이 걸어가고 있었다. 그들 머리 위로 낮게 갈매기 떼가 지나갔다. 그러고 보니 여기 있는 동안 매일 비가 내렸다. 그래서 겨울에서 봄으로 가는 풍경은 흑백사진처럼 검었다. 유람선에서 내린 관광객들의 모습도 보였다. 그들은 다들 어디론가 뛰어갔지만 한 사람만은 돌아서서 배를 향해 손을 흔들었다. 달려오던 자전거가 아슬아슬하게 그를 비켜 지나갔다. 이 도시에 머무는 동안 내가 다닌 곳이라고는 고흐 미술관과 렘브란트 광장, 그리고 섹스 박물관 정도였다. 머릿속에는 장부 속의 숫자들만 가득했기 때문에 별로 기억에 남는 게 없었다.

그의 사무실에서 호텔 숙소로 돌아와서도 내내 금융거래 자료 생각에서 벗어날 수 없었다. 선잠을 잤고, 잠이 오지 않는 늦은 밤이면 운하를 따라 걷다가 돌아오곤 했는데, 그때 노란 우산을 썼거나 비옷을 입은 여자들이 열 손가락을 펴 보이며 웃는 모습을 자주 목격했다. 하룻밤 함께 지내는 데 100유로라는 뜻이었지만 나는 따라가지 못했다. 마음은 따라가고 싶었는데 몸이 뻣뻣하게 말을 듣지 않았다.

빗방울이 굵어졌고 창문이 덜컹거렸다. 유리창 밖으로 사람들의 모습이 빗방울에 얼룩지고 있었다. 그는 내 얼굴을 물끄러미 건너다보았다. 콧수염과 턱수염을 기른 그의 얼굴은 여전히 낯설었다.

"그런데 이상도 하지. 촛불 시위대 뉴스를 보면서 갑자기 내 자신의 인생이 실패했다는 자책감이 드는 거야. 촛불 시위와는 아무런 상관이 없는 내가 말이지. 그 턱없는 좌절감에 퇴로가 차단된 전투병이 된 심정이었네. 욕구와 공포의 세계만 보였네. 모든 개념의 집단성과 획일성이 가장 무섭지. 언젠가는 돌아갈 수 있는 나의 집이 없어져버렸다는 메마른 상실감이 어디서 오는지 나도 모르겠네. 현실에서의 집은 더 이상 나를 행복하게 하지 않는다는 확신이 찾아왔지. 물론 이런 확신은 아주 사소한 것에 불과하지."

운하와 그 사이를 잇는 다리와 기우뚱한 벽돌집이 비에 젖었고 어둠에 가려지고 있었다. 나는 그를 뒤따라갔다. 흰색 건물의 엘리베이터를 타고 삼층에 내려 'Amare'라는 엘이디 간판을 보자 나는 한순간 멈칫거렸다. 아마레, 어디선가 한 번 들은 듯했지만 나는 그 기억을 찾을 수가 없었다.

카페 안으로 들어서자 보디페인팅을 한 여인이 춤을 추고 있었다. 귀에 익숙한 음악은 라벨의 볼레로였다.

"저 여자는 세이렌이야. 카페 주인이지. 저렇게 혼자서 춤을 추곤 한다네."

벌거벗고 춤을 추는 그녀의 얼굴과 몸에는 흰 물감이 칠해져 있었다. 머리카락과 사타구니의 털만 녹색이었다. 조명에 따라 얼룩지는 그녀의 움직임에 따라 흰 벽에는 그녀의 그림자들이 비쳤다. 그녀는 두 손을 높이 들었다가 손가락을 펼친 채 손을 가슴 쪽으로 내렸다. 그러고는 허리를 수직으로 꺾으며 머리를 원을 그리듯 흔들었다. 그녀는 돌아서서 벽을 보며 상체를 숙이고 오른쪽 다리를 공중으로 올렸다. 바닥에서 솟구치는 파란 조명이 그녀의 다리를 타고 올랐다. 그녀는 물고기처럼 몸이 부드러웠다. 천장과 벽면에는 그녀의 그림자가 수직선으로 드러났다. 붉은 조명이 그녀의 몸을 비추자 그녀의 흰 몸은 꽃잎이 떨어지듯 바닥에 엎드려 흐느적거렸다. 그가 말하는 단골 카페는 단순히 대중 술집이 아니었다.

"집시가 추는 춤 같기도 하고 그림자가 추는 춤 같기도 하지. 세이렌은 격렬한 섹스의 앞과 뒤에 찾아오는 흔적들이라고 하더군. 흰 칠을 한 몸 때문인지 저 춤을 볼 때마다 슬퍼."

실내에는 탈의실과 옆에 붙은 욕실, 넓은 실내와 바, 바닥까지 투명한 유리창이 세워진 세 개의 룸이 있었다. 세이렌이 일어서 우리에게 다가왔다. 그녀의 얼굴은 흰 칠 때문에 냉정한 느낌을 주었지만 가까이서 본 그녀는 푸르고 깊은 눈동자와 솟은 코, 얇은 입술을 가진 미녀였다. 그는 세이렌에게 나를 젊은 친구라고 소개했다. 그녀가 가슴을 밀착시키며 나를 한번 안고는 손을 흔들며 욕실 안으로 들어갔다.

그가 말했다.

"처음이니까 실내를 한번 같이 돌아볼까. 그다음 탈의실에서 옷을 갈아입으면 되네. 여기서는 다들 밖의 옷을 다 벗고 새로운 옷을 입네. 벌거벗어도 돼. 그것도 새로운 옷이니까. 저기 보게. 탈의실 탁자 위에 아인슈타인 가면이 놓여 있어. 저게 오늘의 주제니까. 가면으로 얼굴을 가려도 되고 성기를 가려도 돼. 그걸 엉덩이에 달아도 상관없네. 훈장처럼 가슴에 달아도 되지."

"이상한 술집이군요."

"그렇지는 않네. 멋진 멤버십 카페야. 비 내리는 운하 거리를 지나가는 창밖의 사람들이 낯설 뿐이지. 어디서 보느냐에 따라 결정되지 않겠나."

그는 나를 데리고 세 개의 룸을 하나씩 보여주었다.

룸 입구마다 엘이디 등으로 불을 밝힌 라틴어 글씨가 하얗게 빛이 났다. 그가 방을 하나씩 보여주며 라틴어를 읽었다.

"이건 데카르트의 유명한 말이지. '코기토 에르고 숨'. 나는 생각한다. 그러므로 존재한다. 세이렌은 데카르트가 이십여 년 동안 암스테르담에 살았다고 했어. 철저하게 혼자 숨어 지내기를 즐겼던 데카르트는 주소가 알려지면 집을 옮겼다네. 그는 멀리서 보면 장미도 카네이션처럼 보이고 운하를 오가는 선박들도 환상처럼 보인다면서, 눈에 보이는 모든 것들을 의심했네. 그러나 생각하므로 존재한다는 이 명제는, 우리에게도 필요한 말 아닌가. 더구나 데카르트는 최초로 좌표를 만들었으니 돈의 흐름이 표시되는 금융 그래프의 원조이기도 하지. 수학적 기법을 이용해 금융자산을 설계하고 수익을 남길 수 있도록 한 사람이 데카르트라니 흥미롭지 않은가."

나도 그 정도는 알고 있었다. 비즈니스 스쿨에서 데카르트가 대수학의 방정식과 공식들을 기하학의 도형과 연결해 좌표축의 체계를 만들었고 위치 파악을 하는 GPS 기술도 바로 데카르트의 좌표계 덕분이라는 것을 배웠다. 그러니까 이 좌표축을 이용해서 공간 속의 한 점의 위치를 숫자로 표현할 수 있고, 이것으로 금융 그래프의 변동, 돈의 이동과 금융 위기도 파악할 수 있었다.

"세이렌이 그러더군. 데카르트는 천국 가는 데 신학은 아무런 도움이 안 되고, 천국 가는 길은 가장 무지한 사람에게나 가장 학식 있는 사람에게나 공평하게 열려 있다고 했다고. 사실 그게 우리와 무슨 상관이 있겠나. 천국은 멀고 지상은 덧없는데. 다만 데카르트가 보이는 모든 것을 의심했듯이 우리는 모든 돈의 흐름을 의심해야겠지. 그러지 않으면 우리의 판단은 아무 가치가 없을 테니까. 세이렌은 니체를 전공한 철학 교수였다네. 그녀는 니체가 어른이 되지 않는 영원한 피터 팬이었다고 하더군. 몸만 늙어버렸다고. 그녀는 어느 날 교수직을 버리고 술집 아마레를 차렸지. 그전까지 살아온 길과 전혀 다른 낯선 길을 선택했어. 어떤 계기가 있었겠지만 그건 아주 사소할 뿐이라고 했네. 그녀는 니체가 가장 그리워한 대상은 여자의 자궁이었다고 해석하면서, 자궁처럼 평화롭고 자유로운 술집을 만들고 싶었다고 하더군. 니체 식으로 말하면 '오직 자궁만이 분열된 남성의 망가진 삶을 괴롭히는 고뇌를 알아주고 오직 자궁만이 태양의 우주 속으로 돌아가게 한다'면서. 그곳으로 가는 통로가 여기 아마레야."

창밖으로 이른 봄 저녁의 번개가 길게 지나갔다.

"데카르트는 인생은 가면을 쓰고 나아간다고 했다네."

그가 방을 나오며 씩 웃었다.

그는 다음 방으로 갔고 나는 주춤거리며 그 뒤를 따라갔다.

"이 방 이름은 '시 팔로르 숨(Si fallor sum)'이야. 나는 죄를 지었으므로 존재한다는 뜻으로, 아우구스티누스의 말이라고 하네. 재미있지? 자신의 죄를 쉼 없이 뉘우칠 때 자신이 살아 있다는 것을 느낀다는 말이지. 조금 웃기는 뜻이지 않나? 죄를 저지르는 것과 자신이 존재한다는 것은 동시에 일어나고 우열을 따질 수 없다는 뜻이라고 세이렌이 알려주더군. 저 라틴어 덕분에 이 방에서는 그룹 섹스가 이루어지곤 한다네."

첫째 룸에는 아무도 없었지만 두 번째 룸에는 두 여자와 세 남자가 서로 뒤엉켜 있었다. 여자의 팔과 다리와 벌린 사타구니, 그 속으로 파고 들어가는 입술들이 고장 난 시계추처럼 빠르게 움직였다.

세 번째 룸 앞에 서서 그가 나를 돌아다보았다.

그 룸에는 세 사람이 있었다.

혼자서 자위를 하는 이들이었다. 한 남자는 이미 자위행위가 끝난 듯 소파에 주검처럼 늘어져 누워 있었다. 얼굴에 아인슈타인 가면을 쓰고 있었고 성기는 축 늘어져 있었다. 그 위로 빨강과 파랑, 초록의 조명이 차례로 지나갔다. 가면에 가려져 있어 얼굴 표정은 알 수 없었지만 남자는 꼼짝도 하지 않았다. 검정 그물 스타킹을 신은 블론드 머리의 여자는 바닥에 놓인 파랑 변기를 붙잡고 엎드려 엉덩이를 높이 들었다가 술이 솟아오르는 변기 속으로 얼굴을 처박으며 외마디 소리를 질러대고 있었다. 선글라스를 낀 또 다른 여자는 소파 위에 앉아 아인슈타인 가면으로 가려진 사타구니 속으로 왼손을 집어넣은 채 알아들을 수 없는 혼잣말을 중얼거렸다. 히파파파라엘리, 히파파파라막사니, 히파파파메아막시마, 히파파파꿀바, 하는 소리는 밀교승들이 외우는 주문처럼 들렸다. 오른손에 들린 유리잔 속 위스키를 한 모금씩 들이켜는 그녀의 젖가슴은 장거리 육상 선수의 그것처럼 흔들리고 있었다.

"이 방이 본질적으로 매력적이지 않나? '에고 에이미(Ego eimi)'. 영어식으로 말하면 I AM, 나는 스스로 존재하는 자라는 뜻이지. 예수가 하는 말씀 같지 않은가? 의지함이 없이 스스로 존재한다는 건 신비한 거니까. 누구도 소유하지 않고 소유에 대한 욕망도 없이 스스로 존재하는 형식 말이네."

룸의 입구에 붙은 글씨를 설명하는 그의 눈동자 속에서 녹색

조명이 지나갔다. 그는 내게 탈의실에서 먼저 옷을 갈아입고 실내로 들어가라고 했다. 세이렌이 녹색 드레스를 입고 욕실에서 나왔다. 목 아래 가슴골 사이에는 에메랄드 목걸이가 달랑거렸다.

아마레의 탈의실 옷장에 걸린 의상 가운데 나는 검은 턱시도와 구두, 그리고 푸른 셔츠와 붉은 나비넥타이를 골라 갈아입고 실내 소파에 걸터앉았다. 그가 벌거벗은 채 전동 휠체어에 몸을 묶고 나타났다.

2

2월 하순, 보스는 갑작스럽게 암스테르담으로 출장을 가라고 지시했다. 오후 비행기로 바로 떠나라는 것이다.

"삼 주면 충분하겠지?"

파리행 비행기 표 출발 시간은 오후 한시 이십분이었다. 보스는 필요한 자료는 물론 여행 준비물도 다 담겨 있다면서 여행 트렁크를 내밀었다. 필요한 옷은 공항 면세점에서 사 입으라고 했다.

"오늘 아침 미스터 강의 이메일을 받았는데, 아무래도 미스터 허가 암스테르담 출장을 가야 할 것 같더군. 가서 미스터 강이 맡고 있는 암스테르담 지사의 회계감사를 하게나. 그는 거기서 근무하는 동안 완전하게 일을 해냈네. 울프의 유럽 진출 거점인 현지 증권사 인수 업무도 해냈지. 그가 갑자기 이메일로 사직서를 보낸 이유가 있겠지. 탁월한 인재인데 무언가 다른 일을 해보고 싶은 모양이야. 우선 가서 회계감사도 할 겸 사태를 파악해서 보고하도록. 돈의 흐름에 한해서 그는 그 어떤 동물보다 예감이 빨라. 지니어스야. 울프에게는 없어서는 안 되는 인물이지. 우리 회사에 엄청난 이익을 가져다주었는데 아쉽군. 라이크스증권 주식 50퍼센트를 인수할 때도 그는 회사 자금은 거의 들지 않도록 처리했네. 증권을 담보로 해서 현지 은행에서 대출을 받은 거지. 거기 금리는 한국보다 훨씬 싸지. 게다가 그는 스페인 국채에 투자해서 큰 이익을 가져다주었네. 나는 스페인 국채가 위험하다고 반대했는데 일 년 반 동안 가지고 있다가 재빨리 팔아치우더군. 하버드 비즈니스 스쿨을 졸업하고 월 가에서 일했던 솜씨가 어디 가겠나. 그러나 더 잡을 수가 없을 것 같네. 그가 어디로 헤드헌팅이 되는지 알 수 없지만 울프와 적대 관계가 되지 않았으면 하지. 투자금융 업종은 이런 식으로 서로 작별하는 게 개념이니까. 나는 그 어떤 경우에도 그가 부주의한 선택을 하지 않기를 바란다는 답변을 보냈지."

보스는 그가 아쉬운 눈치였다. 그런데 보스가 암스테르담 지사 회계감사를 나에게 맡기는 이유를 알 수 없었다. 그가 암스테르담 현지 지사장으로 가면서 자신이 맡고 있던 선물거래 업무를 맡을 후임으로 추천한 사람이 바로 나였기 때문이다.

이전에도 나는 잠시 그와 함께 일한 적이 있었다. 그가 뉴욕 월 스트리트 40번가에 있는 증권사에서 선물을 담당하던 무렵 스탠퍼드 비즈니스 스쿨을 나온 나 역시 월 스트리트의 한 캐피털 회사에서 펀드매니저 일을 하고 있었다. 하루 사이 내 손에 수백만, 수천만 달러의 돈이 들어왔다 나가곤 했다. 그때 헤드헌터 회사에서 연락이 왔고, 나는 한 번도 만난 적 없던 그에게 스카우트되어 그와 함께 일하게 된 것이었다. 서울의 투자회사인 울프에 스카우트되어 간 그는 육 개월 뒤에 나에게 연락을 해왔다. 자신의 자리를 맡아주지 않겠느냐고. 그가 내게 계속 호의를 보이는 이유를 나는 알 수 없었다. 열한 살 때 미국으로 유학을 가서 국적도 미국인 그와 나 사이에 어떤 연결 고리가 있을 리도 없었다.

어렸을 적부터 다리를 절게 된 나는 공부 외에 다른 데는 관심도 없었고, 병역 문제로 고민할 필요도 없었다. 어느새 나는 맥도날드 햄버거와 코카콜라로 시작해서 그것으로 끝나는 뉴욕의 금융맨이 되어 있었다. 무수하게 복잡하게만 보이는 숫자들의 움직임을 다루는 일이 내게는 벽돌 깨기 게임만큼 쉽고 단순했다.

어쨌든 나를 후임자로 추천한 사람의 업무를 내가 감사한다는 것은 적절하지 못했다. 둘이 그럴듯하게 조작할 수 있다고 보스는 왜 의심하지 않는 걸까. 그런데 보스의 관점은 남달랐다. 그의 스타일을 내가 가장 잘 아는 것이 장점이라고 판단했고, 내가 알 수 없는 또 다른 이유가 있는지도 몰랐다.

그가 암스테르담 지사로 떠나며 나를 후임으로 스카우트했을 때 나는 그에게 물었다. 학교 후배도 아니고 어떤 인과관계도 없는데 특별한 관심을 기울여주는 이유가 있는지.

그는 이렇게 대답했다.

"나는 한 번도 행복해본 적이 없었어. 기억할 수 없는 어린 시절에 행복했는지도 모르지만 말이야. 유전적으로 공부를 잘하는 머리를 타고났고, 드라이한 감정을 가졌지. 헤드헌터 사에서 자네 이력을 보았어. 자네만 한 실력을 가진 인물은 많지. 그런데 뉴욕의 정글 속을 아무렇지 않게 다리를 절고 다니는 자네 모습을 상상하니 관심이 가더군. 나로서도 이상한 일이었네. 우연한 관심이라고 해두면 어떨까? 같은 한국인이라는 점도 작용했겠지만 그렇다고 내가 사명감 같은 어리석은 감정을 가진 사람은 아니네, 그래서 나는 좀 더 유리한 연봉과 스톡옵션을 제시하는 직장이 나타나면 늦기 전에 바로 옮기는 철새라네. 자네에 대한 동정심도 없어. 자네가 다리를 저는 것처럼 나는 정신이 기우뚱한 사람이니까. 우린 둘 다 어딘가 불구라는 말이네. 울프에서는 내가 암스테르담 현지 조사를 한 후 작은 증권회사를 인수하기를 바라네. 삼 년은 걸리겠지. 그런 다음 나는 또 다른 곳으로 떠날 거야. 열한 살에 한국을 떠나 서른여섯 살에 서울로 왔네. 모국어가 통하는 곳인데 있을수록 가슴에 바위가 놓인 듯 답답해. 와이프는 딸 하나를 데리고 같이 왔다가 다시 뉴욕으로 가버렸네. 그 여자는 한국인이지만 미국에서 태어났으니 더 답답했겠지. 어쩌면 암스테르담에서 다시 만날 수도 있지만 시간만이 아는 대답이지. 뭐든 그렇지 않은가?"

보스는 내 사무실을 나서기 직전에 트렁크 안에 딸에게 보내는 소포가 있으니 암스테르담행 경유지인 드골공항에 들러 전해달라고 했다.

"기내 반입 금기 품목은 아니니까 걱정 말게나. 딸이 빨리 보내달라고 야단인데 우편으로 부치면 일주일 정도 걸려서 말이야. 보스로서가 아니라 딸 가진 아버지로서 부탁이네. 미레에게 자네 이름을 알려주고 공항에 나와서 받아 가라고 하겠지만 공항에 나오지 않을 수도 있을 거야. 소포 겉면에 그 애 주소와 전화번호가 적혀 있네. 자네처럼 결혼할 생각이 아예 없고 나이도 자네와 같다네. 파리에서 조각인지 조형인지 한다고 칠년째 있는 중이지. 딸의 사진을 셀폰으로 보내주겠네."

나는 책상 서랍에서 여권과 노트북을 챙기고 바로 인천공항으로 갔다. 면세점에서 청바지와 점퍼를 사서 화장실에서 양복과 바꿔 입었다.

양복을 트렁크에 집어넣다가 보스가 딸에게 전해달라는 소

포를 보았다. 상자는 가벼웠고 손으로 흔들어보았지만 안에서
흔들리는 소리도 나지 않았다. 비행기 좌석은 왕복 모두 비즈
니스석이었다. 비행시간 동안 두 번 식사를 했고 나머지 시간
은 암스테르담 지사 자료를 살펴보았다. 드골공항에 도착해 한
참을 기다렸지만 마중을 나온 이들 중에 나를 찾거나 내 이름
을 쓴 피켓을 든 사람은 발견하지 못했다. 나는 휴대전화기에
서 보스가 보내준 딸의 사진을 찾아보았다. 펑크스타일의 파마
머리에다 검은 테 안경을 쓰고 있었다. 눈이 가늘고 쌍꺼풀이
없었다. 턱은 갸름하면서도 뾰족했다. 한 시간 넘게 공항 안에
서 기다리다가 소포에 적힌 전화번호로 전화했지만 받지 않았
다. 나는 택시를 타고 운전사에게 소포에 적힌 주소를 보여주
었다. 김미레, 그녀의 주소는 소르본 대학 부근 라틴 지역에 있
는 아파트 사층이었다.

　그녀는 아파트에 없었다. 전화도 받지 않았다. 엘리베이터가
없는 건물이었다. 나는 아파트 문 입구에 멍하니 서 있었다. 트
렁크를 끌고 다시 계단을 내려가기도 부담스러웠다. 날씨는 쌀
쌀했다. 나는 문 앞 벽에 기댄 채 깜빡 졸았다. 누가 어깨를 흔
들었다. 그녀가 배시시 웃으며 서 있었다. 통청바지에는 흙이

잔뜩 묻어 있었다. 172센티미터인 내 키보다 그녀가 한 뼘은 더 큰 것 같았다. 그녀를 올려다보았으니까. 말없이 트렁크에서 보스가 준 소포를 꺼내 건네주고는 트렁크를 끌고 돌아서는데, 그녀가 말했다.

"오, 미안해요. 몸이 불편해 보이는군요. 흙으로 조형 작업을 하다가 깜빡 잊었어요. 실내가 엉망이지만 잠깐 들어오세요."

나는 얼굴이 붉어졌다. 고개를 들고 불쾌하게 그녀를 보았다.

"내가 다리를 저는 게 미레 씨에게 무슨 문제가 됩니까?"

"전혀 그렇지 않아요. 인상 깊다는 뜻이니 속상해하지 마세요. 우린 나이만 같은 게 아니라 키도 비슷하군요."

나는 짜증스럽게 말했다.

"그게 무슨 소리지요? 당신이 나보다 훨씬 키가 크지 않습니까?"

"힐을 신었으니까요. 19세기에는 파리에 똥이 너무 많아서 여자들이 힐을 신었다고 하더군요."

그러더니 그녀는 나의 트렁크를 빼앗듯 들고는 아파트 문을 열고 들어갔다. 나는 손바닥을 폈다. 손에 땀방울이 묻어 있었다. 감기 기운이 있는지 침을 넘길 때마다 목이 뜨끔거렸다. 편도선이 부어 있었다. 나는 그녀의 뒤를 따라 아파트 안으로 들어섰다. 그녀가 안경을 벗으며 웃었다. 볼 가로 보조개가 맺혔다.

"소포 안에 들어 있는 게 뭔지 궁금하지 않아요?"

"별로. 궁금하지 않습니다."

"공부만 했군요. 보스가 그러시더군요. 세상 아무것에도 관심 없고 금융 그래프만 보고 있다고. 그래서 뭐하나요?"

"그렇게 보였나 봅니다. 그게 직업이니까요. 그런데 보스가 미레 씨 아버지 아닌가요?"

"물론 보스가 아버지이지요. 보스로 부르는 게 허인수 씨한테 편할 거 같아서요. 나는 흙으로 사람을 빚는 일을 하고 있어요. 신도 흙으로 사람을 만들었다고 하잖아요. 그래서 작업하다 보면 내 자신에 대해 착각하기도 해요. 흙으로 빚은 조형물이 맘에 들면 그걸 금속으로 제작하기도 하지요. 별로 팔리지는 않지만 그걸로 체재비 정도는 벌고 있어요. 보스 신세는 지지 않는다는 말이에요. 이런 조형들을 만들지요."

그녀는 턱으로 벽 사방을 가리켰다. 벽의 선반마다 흙으로 만든 조형들이 놓여 있었고 벽에는 자코메티의 조각 사진이 빽빽이 붙어 있었다. 그녀가 소포를 뜯었다. 그 안에는 낡은 헝겊 인형이 여러 개 들어 있었다.

"이건 어릴 때 가지고 놀던 인형들이에요. 내 책상 위에 가지런히 놓아두고 유학을 왔죠. 난 내가 직접 빚은 인형과 이야기도 해요."

"뜻밖이군요. 인형이 이야기를 해요?"

"흙으로 빚으면 숨결이 찾아오거든요. 우린 서로 말을 걸곤 해요."

흙 인형과 이야기를 하다니? 나는 그녀가 슬그머니 권하는 의자에 앉았고 그녀가 내온 블랙커피를 한 잔 마셨다.

"인형과 자코메티는 어울리지 않는데요……."

"자코메티는 이런 말을 해요. 매일 보는 얼굴에서 미지의 무언가를 발견해내는 것이 가장 큰 모험이라고. 나는 날마다 인형을 보지만 인형은 볼 때마다 다른 모습으로 있지요. 내가 날마다 감정이 다르니까 인형도 다르게 보이지요. 자코메티는 칼날처럼 좁고 날카로운, 깡마른 남자 조형을 많이 만들었어요. 나는 가늘고 길면서도 관능적인 존재를 만들고 싶어요. 성기도 아주 가늘고 길게. 실재하는 인간과는 아무 상관이 없어요. 인간은 결국 사라지지만 인간이 죽음에 대항할 수 있는 유일한 방식은 관능적인 것으로써이지요. 고독한 파국도 극히 관능적이지요. 텅텅 비어져가면서 관능적인 영광을 흙으로 재현해내고 싶어서 이러고 있어요. 당신의 장애를 지적한 것도 다리를 저는 모습에서 어떤 관능을 느꼈기 때문이에요."

"나는 조금 지쳐 있고 힘이 없을 따름입니다. 내 다리는 기껏해야 공허한 현실이나 막막한 결핍을 감추고 있을 뿐이지요."

나는 허둥거렸다. 이마를 몇 번이나 손으로 문질렀다. 그녀는 생글거리며 나를 빤히 들여다보고 있었다. 피하고 싶었던 나의 불구에 대해 정면으로 말하고 있는 사태를 감당하기 어려웠는지도 몰랐다. 나는 땀을 흘리고 있었다.

"자코메티는 자신이 사고로 다리를 절게 되었을 때 매우 기뻐했어요. 불구가 된 자신의 형태 속에 비로소 존재의 신비가 개입하지 않을까 싶어서요. 나는 불구의 고독과 움직임을 가장 관능적인 형태로 만들어내는 꿈을 날마다 꾸고 있어요. 지금은 그걸 나의 기억과 관련된 인형에서 찾고 싶어요. 인형은 시간이 갈수록 낡고 부서지거든요. 우리의 몸처럼요."

"무엇을 관능적이라고 합니까? 나는 내 자신이 관능적이라고 한 번도 생각해본 적이 없습니다."

"관능의 개념 말인가요? 뭐 쉽지요. 스스로 살아 있음을 느끼게 하는 것, 그다음으로는 자체 개념을 조작하지 않는 것이지요. 즉 추함, 어리석음까지도 사랑받고 사랑할 수 있게 하는 것이 관능이지요. 소멸에 저항하는 가장 결정적인 태도가 바로 관능이지요. 사랑은 늙어가도 관능은 늙지 않아요! 피카소는 일흔이 넘어서 마흔다섯 살이나 어린 여자와 결혼까지 하고 미켈란젤로는 육십이 넘어 젊은 여인과 사랑에 빠졌고 루벤스는 쉰두 살에 열여섯의 헬레나와 결혼해 아이를 다섯이나 두었어요."

"그게 관능적인 건가요?"

"소멸에 항의하는 거지요. 그래서 지금까지 우리가 찾을 수 없었던 새로운 영혼을 현실에서 밝히는 것 정도 아닐까요. 그것은 질투, 열정 등등 사소한 현실을 통과해요. 존재의 위험한 출구, 이정표가 아닐까요?"

"뭔 소린지 모르겠지만 인형들이 힘들겠습니다."

"나의 기억들을 배달해주었으니 답례를 해야지요."

그녀는 침대 옆 탁자에 헝겊 인형들을 올려두었다. 그날, 나는 바로 나와서 시내 호텔로 가야 했다. 그러나 나는 무엇에 이끌린 듯 일어서지 못했다. 그녀는 냉장고에서 화이트와인과 레

드와인을 꺼내 왔고, 코냑과 하이네켄도 식탁 위에 올렸다. 버터에 구운 달팽이도 내왔고, 피가 밴 소 안심도 그릴에서 꺼내왔다. 냉장고에서 토마토와 피망, 양파, 마늘, 양배추, 아스파라거스를 꺼내 올리브유에 볶는 그녀를 보니 조각가라기보다는 요리사 같았다.

그녀는 내 생각을 알아챈 듯 가볍게 말했다.

"조형과 요리는 손맛이 좋아야 하는 점에서 같아요."

그녀가 마지막으로 만든 요리는 닭고기에 양파와 파슬리, 버터, 양송이를 넣고 와인과 후추를 넣어 볶아낸 닭 요리였다.

"이건 코코뱅이라는 닭 요리예요. 와인에 빠진 수탉이라고 하지요. 사실은 인형을 가지고 온다는 연락을 받고 미리 닭고기는 익혀두었어요. 독주 안주로는 아주 그만이지요!"

그녀가 위스키를 탁자에 꺼내놓았다. 예고 없는 출장과 파리의 으슬으슬한 날씨 때문에 나는 피곤했다. 이마에서 열이 슬슬 묻어 나왔다. 나는 그녀가 만든 흙 인형을 보며 정말 흙 인형이 말을 할까, 한다면 무슨 말을 할까 하는 터무니없는 생각에 잠겼다.

그녀는 내내 부담스러울 정도로 내 눈을 빤히 들여다보고 있었다. 나는 그녀가 말라깽이란 것을 그때 알았다.

"미레 씨는 야릇한 미인입니다. 눈매가 날카로우면서도 비어 있고 옷을 헐렁하게 입었지만 쳐다보는 눈길이 내 뼈를 들여다보는 듯 노골적이군요."

"미인이면 미인이지 야릇한 미인은 어떤 건가요?"

"그냥 미인은 보기에 아름답게 생긴 여자이지만 야릇한 미인은 느닷없고 도발적인 감성을 품고 있는 것 같아서요. 저기 자코메티 조형 사진처럼."

"이건 굉장한 찬사군요. 듣는 내가 흥분이 될 정도로 야하고 성적인 매력이 있다는 뜻이 아닌가요? 더구나 자코메티의 작품 같다니 멋지군요. 나는 자코메티를 아주 좋아해요. 그는 늙어서 육체가 쇠잔해지자 몸 파는 여자와 죽을 때까지 살았어요. 쉰여덟 살에 몽파르나스의 술집에서 만난 어린 창녀, 불량스럽기 짝이 없는 카롤린에 몰두했어요. 마흔 살쯤 나이 차이가 나는 그녀는 자코메티 최후의 모델이었고 열정이었으니까요. 정말 그건 소멸의 외침이지 않나요?"

"늙지 않는 인간이 없기 때문에 그런가요?"

"늙는다는 것은 일상적이지요. 몸이 갈라지면 정신이 갈라지고 그 갈라진 틈 사이로 태양의 흑점 같은 상실과 몰락이 툭툭 터져 나오지요. 그러나 관능은 시간과 상관이 없어요. 세계와 존재의 종말이 와도 여전히 아름답지요."

"월 스트리트에서 일할 때 심심해서 자코메티의 전시회에 가 본 적이 있습니다. 텅 빈 존재의 적막한 흔적 같더군요."

"오, 당신은 가능성이 있어요!"

그녀는 손뼉을 치며 즐거워했다.

"가능성이요? 어떤 가능성이죠?"

"새로운 이정표의 가능성, 아니면 길을 잃어버릴 가능성이지요. 자코메티가 다리를 절며 살아야 한다는 사실에 즐거워한 것은, 불구의 모습 속에는 늘 신의 존재가 개입한다고 믿었기 때문이지요? 나 역시 완벽함은 불구의 형체에서 이루어지지 않을까 추측해요. 아직은 정확히 알 수 없지만. 술을 마시며 내 내 당신의 눈을 보고 있는데, 당신의 두 눈은 촉촉하고 맑군요. 길을 잃고 헤매는 고독과 오랜 불균형을 감추고 있는 당신의 실제 다리를 조형으로 뜨고 싶어요. 이미지로 조형물을 만드는 것과 전혀 다른 새로운 길을 찾을 수 있다는 생각이 드는군요. 그건 신나는 일일 거예요."

그녀는 상체에 걸치고 있던 스웨터를 벗고 통청바지도 벗었다. 헐렁한 흰 남방에 매끄러운 검은 스판 바지가 드러났다.

"그게 무슨 뜻인가요? 절룩이는 내 다리를 뜨고 싶다니……."

나는 그녀의 얼굴을 보았다. 그녀는 눈을 크게 뜨고 목젖이 보이도록 입을 벌려 소리 없이 웃고 있었다. 그녀의 눈에 눈물이 고였다. 그녀의 야릇한 매력은 그 눈에서 나오는 것일까? 나는 술을 뒤섞어 마셨다. 화이트와인과 레드와인을 번갈아 마셨고, 맥주에다 위스키를 탔다. 나는 그녀의 제안에 동의하지는 않았지만 그렇다고 거절도 못 했다. 열이 난 상태에서 술기운까지 오르자, 나는 그만 식탁 위에 엎드리고 말았다.

그녀가 나를 안아 침대에 눕히고 베개 두 개를 머리에 고여주었다. 나는 열병에 걸린 듯 숨을 가쁘게 쉬었다. 그녀가 내 옷을 하나씩 벗겼다. 청바지와 점퍼, 속옷을 벗겨 침대 옆 탁자 위에 가지런히 개어두고는 내 몸에 흰 시트를 덮어주었다.

"열이 많이 나는군요."

나는 손끝 하나 움직일 수 없었다. 목 안이 퉁퉁 부어 있었다.

그녀는 내 두 다리와 발에 스프레이 통으로 물을 뿌리고 한지를 덮고는, 다시 한 번 더 물을 뿌린 후 손바닥으로 문지르며 탁탁 쳤다. 그렇게 내 발과 다리를 각각 본뜬 다음 주저함도 없이 늘어진 내 성기와 고환에도 물을 뿌리고 한지를 감았다. 나의 하체는 모두 한지에 감겨 있었다.

"움직이지 말아요. 그렇게 삼십 분쯤은 지나야 형체가 나오니까요. 언젠가는 흙으로 몸 전부를 뜨고 싶지만 그때가 언제인지 서로가 알 수 없으니까……."

그녀는 이마에 흐르는 땀을 훔쳐가며 제의를 치르는 여제사장처럼 신중하고 빠르게 손을 움직였다. 나는 그녀의 제단에 놓인 제물이었다. 발의 모양이 먼저 나왔고 두 다리의 모양은 발목에서 허벅지까지 덮은 한지의 뒷면을 길게 가위로 잘라 벗겨냈다. 성기와 고환의 한지 모형은 쉽게 벗겨져 나왔다. 그녀는 작업을 끝낸 뒤 나의 몸을 물수건으로 닦아주었고 내 얼굴 앞으로 느리게 다가왔다. 나는 손을 뻗어 그녀의 등을 꽉 잡았다.

그녀는 유리 같았다. 등뼈는 말랐고 다리는 가늘었다. 유두는 아주 작았지만 가슴골은 미끄러지듯 깊었다. 나는 얼핏 보스의 얼굴이 떠올랐지만 그건 아무 상관이 없는 일이었다. 그녀의 아랫배는 허전할 정도로 깊었다. 그녀와 나의 손가락이 서로 엉켰다. 그녀는 절룩이는 내 왼쪽 다리를 그녀의 뺨으로 문대었다. 중학교를 들어간 이후에 처음으로 타인이 절룩이는 나의 다리에 접촉하고 집착하는 순간이 찾아왔다. 다리가 거부 감을 느끼는지 나뭇가지처럼 자꾸 떨렸다. 그녀는 그것을 가슴 에 안았다.

나는 그녀의 아파트에서 사흘을 머물렀다. 온몸에 열꽃이 피 어 암스테르담행 비행기를 탈 수가 없었기 때문이다. 나는 강 선배에게 파리에서의 일정이 늦어진다고 메일을 보냈다. 사흘 뒤, 그녀는 파리 북역에서 암스테르담 중앙역으로 가는 오후 기차표를 끊어주었다. 암스테르담까지는 세 시간 정도 걸렸다. 나는 강 선배에게 오후 다섯시쯤 암스테르담 중앙역에 도착할 것이라고 다시 메일을 보냈다.

그녀는 기차역에서 웃으며 말했다.

"기우뚱한 하체 모형은 당신이 준 선물이에요. 언젠가 전시 회를 하면 당신을 볼 수 있겠지요. 다른 약속은 하지 않겠어 요."

내 자리는 한 개의 침대만 있는 특실이었다. 창밖에서 그녀 가 손을 흔들었고 열차가 파리 북역을 빠져나갔다. 대구 흰 살 과 홍합, 새우가 들어 있는 노르웨이식 고기 수프가 나왔지만 입안이 깔깔해 손을 대지 않았다. 창밖으로 마른 나무와 황량한 포도원과 검은 구름이 번갈아 지나갔다. 가끔 비가 내렸고 그때마다 목 안이 따가웠다. 나는 식당 칸으로 갔다. 구석에 앉아 하이네켄 맥주와 귀리 수프를 시켰다. 건너편에서 시끄럽게 말하는 소리가 들렸다. 중년 부부와 붉은 점퍼에 선글라스를 낀 삼십대 남자가 앉아서 맥주를 마시고 있었다. 중년 부부는 파리 여행을 마치고 암스테르담에 있는 집으로 가고 있었고 붉은 점퍼를 입은 남자는 암스테르담의 고흐 미술관을 구경 가는 길이라고 했다.

붉은 점퍼가 중년 부부에게 암스테르담에 살고 있으니 정말 행복하겠다고 말하는 소리가 들렸다.

"왜냐하면 당신들에게는 고흐도 있고 렘브란트도 있으니까요."

"오, 천만에! 그들은 우리를 조금도 행복하게 해주지 못했소."

중년 남편이 불평하듯 투덜거렸다.

"하지만 적어도 그들은 당신들을 덜 불행하게 해주었을 겁니다. 그건 확신해요. 고흐 그림을 보기 위해 전 세계 사람들이 당신들 나라로 몰려가서 입장권을 사는 등 돈을 쓰니까요. 그의 불행이 당신들의 행복에 기여하고 있지요."

"그건 그런지도 모르겠네……."

중년 여자가 허스키한 목소리로 컹컹 웃었다. 그들의 말을 듣던 나도 씩 웃었다. 선글라스가 내 모습을 보고 맥주잔을 높게 들어 올렸다. 나는 마주 웃어주고는 창밖으로 얼굴을 돌렸다.

오후 다섯시에 중앙역을 빠져나올 때, 파란 스카프를 두른 다리가 늘씬한 창녀가 가장 먼저 내 앞으로 다가왔다. 그녀는 영국식 발음으로 하룻밤을 함께 보내자고 말했다. 당신은 할 수 있다고 용기까지 주면서.

"유 칸!(You can!)"

"칸트!(Can't!)"

할 수 없다는 내 대답에도 불구하고 그녀는 두 손으로 열 손가락을 폈다 접었다 했다. 나는 웃으며 고개를 저었다. 갈매기 떼가 머리 위로 지나갔고, 그녀는 이번에는 다섯 손가락을 펴며 50유로로 짧은 밤을 보낼 수도 있다고 했다. 그때 자전거를 타고 그가 나타났지만, 그가 내 이름을 부르기 전까지 나는 그를 알아보지 못했다. 삼 년 전 감청색 양복에 흰 셔츠, 푸른색

넥타이를 매고 일하던 단정한 모습과 전혀 달랐기 때문이다. 그는 파란색 후드 점퍼에 노란색 남방, 청바지를 입고 있었다. 더구나 수염까지 길렀으니 그를 알아보지 못한 것은 당연했다. 오랜만에 보는 그의 눈빛도 먹이를 쫓는 늑대 같은 매서운 눈빛이 아니었다. 먼 산을 보는 듯한 얼굴이었다.

"칸트라고 하는 목소리가 아주 씩씩하더군. 나는 이마누엘 칸트를 부르는 줄 알았네."

"철학자 이마누엘 칸트 말입니까? 오랜만에 보니 선배 얼굴이 철학적으로 바뀌었습니다."

"천식이 심했던 칸트는 이런 말을 했지. 아름다운 2월은 날짜 수가 적어서 괴로움도 적을 것이라고. 오늘이 2월의 마지막 날이군. 파리에서의 삼 일은 좋았는가?"

미레의 얼굴과 한지에 둘둘 말린 다리의 모습이 휙 지나갔다. 나는 대답 대신 운하 다리 난간에 내려앉아 있는 갈매기들을 보았다. 비가 부슬부슬 내리기 시작했다. 나는 트렁크를 끌고 그가 예약해둔 역 근처 호텔 아마폴라로 들어갔다.

"지내기 좋을 거야. 역이 가까우니 언제든지 창녀들을 만날 수 있고 호텔 이름도 멋지지. 아마폴라! 스페인 말로 양귀비라는 뜻이야."

그는 보스에게 연락을 받았다며 다음 날부터 현지 지사에 대한 모든 서류를 검토하자는 일정을 제시했다. 나는 호텔 방에 들어가자마자 뜨거운 물로 샤워를 한 다음 침대 시트 안으로 기어 들어갔다. 미레가 그를 벌거벗기고 석고를 바르는 꿈을 꾸다가 식은땀을 흘리며 잠에서 깨었다. 새벽이었다. 불 켜진 운하의 거리에는 사람들이 보이지 않았다. 나는 유리창에 이마를 대고 있다가 밖으로 나와서 운하를 따라 걷다가 돌아왔다.

3

아마레에서 언제, 어떻게 호텔로 돌아왔는지 전혀 기억이 나지 않았다. 조각난 필름처럼 연결되지 않는 장면들만 남아 있었다. 벌거벗고 실내를 걸었던 장면, 붉은색 샘에 머리를 처박았던 장면, 눈앞에서 갈매기 떼가 날아올랐던 장면, 그리고…… 세이렌의 사타구니에 얼굴을 박고 울던 장면.

꿈속에서 나는 몸이 한없이 작아져서 유리병 안으로 기어 들어가 가부좌를 틀고 앉아 있었다. 눈앞에는 초록색 보리밭 풍경이 대평원처럼 펼쳐져 있었다. 누군가 내 이름을 불렀다. 그 누군가는 미레였고 세이렌이었고 또한 안개에 가려진 알 수 없는 얼굴의 사람이기도 했다. 그 사람이 나를 부축했고, 나는 그 사람의 어깨에 기대었지만 몸은 자꾸 허물어져갔다. 꿈에서 깨어 눈을 떴을 때는 아침 일곱시가 지나 있었다.

창가 의자에 그가 앉아 있었다.

"이제 정신이 드는가 보군."

"여기가 어딘가요?"

나는 주위를 돌아다보았다.

"자네가 묵는 호텔이지. 처음치고는 성공적이었네."

"성공적이라니요?"

"어느 순간부터, 그러니까 코기토 에르고 숨, 그 방을 나와서부터 자네는 한없이 행복해했네. 옷을 다 벗어 던졌고, 실내의 모든 사람마다 인사를 했지. 모든 샘마다 찾아가서 머리를 처박고 술을 마시고 음악에 따라 비틀거리며 춤을 추었다네. 그들이 치는 박수 소리가 들리지 않았는가?"

"전혀요."

나는 얼굴이 확 달아올랐다. 침대에서 일어나 욕실로 갔다. 무릎이 까져 있었다. 나는 차가운 물에 낯을 연거푸 씻었다. 머리에도 찬물을 들이부었다. 눈이 퀭하니 깊어져 있었다.

욕실 밖으로 나오자 그가 말했다.

"산책하면 좋아질 거야. 걸을 수 있겠나? 자네가 탈 인천행 네덜란드항공 편은 오늘 밤에 출발하니까 시간은 충분하네. 이제 마무리할 시간이야."

나는 그와 같이 운하를 따라 걸었다.

"완벽한가?"

그의 질문은 어제와 같았지만, 오늘은 자신의 현지 업무와 금융거래 자료에 빈틈이 없었는지를 묻는 것 같았다. 라이크스 증권 인수 과정과 암스테르담 지사 운영 과정 등 그가 지사장으로 근무한 삼 년간의 모든 금융거래에 대한 재무제표를 파악한 결과, 그 서류상의 금액과 지사 계좌의 금액은 1유로까지 완전하게 일치했다.

그는 '완전한가?'라고 묻지 않고 '완벽한가?'라고 물었다. 그에게 있어 완전함과 완벽함은 다른 의미를 가지고 있는 듯했다. 완전함이 일시적으로 빈틈이 없는 상태라면 완벽함은 어떤 경우에도 잘못이나 판단의 오류가 드러나지 않는 절대성을 의미하는 듯했다. 나는 말없이 고개를 끄덕였다. 아침 운동을 나온 이들이 운하 옆을 뛰어가고 있었다.

"내게는 저기 움직이는 이들이 다 그림자로 보이는군."

"그러면 그림자 아닌 것들도 있나요?"

전날까지 한 번도 생각해보지 못했던 질문을 던지다니, 나는 대담해져 있었다. 나는 이상해져 있었다.

"미스터 허가 그렇게 말하니 뜻밖이군. 그래, 다들 그림자일지도 모르지. 70억 명이 살고 있는 이 지구에 오늘도 수많은 사람들이 태어나고 죽지. 지금까지 천억 명이 지구에 왔다가 떠났다고 하네. 수많은 성직자들, 과학자들, 예언자들이 노래했지. 다들 어디서 와서 어디로 가는지를. 그러나 사실 아무도 몰라. 그래도 다들 어디론가로 가는 것은 분명하지. 나도 이곳을 뜨려 하네. 자네도 보스에게 들어서 이미 알고 있겠지만."

이곳에 도착하기 전부터 준비했던 질문을 그에게 던질 차례였다.

"어디로 떠나십니까? 다시 월 스트리트로 갑니까?"

"보스가 그러던가. 예측이 틀렸네. 금융도 예측과 완전히 다르게 움직일 때가 있지. 지금의 나도 그렇네. 그곳으로 다시 가고 싶지는 않아. 워런 버핏은 투자해서 돈을 잃으면 바보라고 하지. 그러나 누군가 돈을 벌면 또 누군가는 돈을 잃게 마련이지. 나머지 생애를 숫자놀음으로 살고 싶지 않아. 그러나 그것이 내가 떠나는 결정적인 이유는 아니네. 사소한 이유에 불과하지. 나는 내 실적에 대한 스톡옵션을 달러로 바꿔서 내 계좌로 넣어달라고 보스에게 말했네. 라이크스증권을 울프가 인수하면서 라이크스의 지분은 라이크스와 울프가 각각 50대 50으로 가지게 됐지만 그중 각각 1퍼센트는 내 지분이야. 그게 내가 보스와 맺은 이면 계약의 내용이지. 지금까지와는 다른 곳으로 떠나기 위해 그런 계약으로 돈을 마련해야 했네. 처분하면 천만 달러는 넘을 거야. 그 돈으로 명왕성으로 가는 우주선도 탈 수 있지 않을까 싶네."

나는 천만 달러, 즉 100억 원이 넘는 돈을 일상적으로 늘 대하지만, 그의 입에서 막상 그 액수가 나오자 그것이 얼마나 큰 돈인지 가늠이 되지 않았다.

"그 돈으로 구할 수 있는 자유가 있겠지. 정치적 정서적으로 획일적이거나 폭력적이지 않은 곳을 찾아보고 있네. 결국은 누구도 죽음까지의 모든 획일성에서 벗어나지 못한다 해도, 나는 꿈꿀 수 있는 곳으로 갈 거네. 지구 밖의 행성에서 지구에 없는 물질을 가져오는 프로젝트가 브뤼셀에서 진행 중인데, 거기 투자할 생각도 해보았네. 어떤 별에는 다이아몬드가 흔하다고 하더군. 거기까지 가는 기술적인 문제와 비용 문제가 해결되면 엄청난 투자 수익이 생기겠지. 하지만 일단은 모든 생각을 접고 우선 여기서 더 북쪽으로 떠날 거야."

"더 북쪽이면 어디로 간다는 겁니까?"

"노르웨이 북쪽 스발바르제도로 가고 싶네. 한때는 고래잡이 전진기지였어. 거기는 군사력이 무장할 수 없는 비무장지대야. 모든 길은 끊어지고 오직 항공로만이 있을 뿐이지. 인간이 살고 있는 가장 북쪽, 여름에는 해가 지지 않고 겨울에는 해가 뜨지 않는 날들이 모여 있는 곳이지. 명암이 투명한 곳이야. 고요하고 메마르고 적막하고 혹독한 땅. 여름에도 눈이 오고 눈보라가 치는 곳. 그곳에서 나를 지우고 싶네. 짧은 여름을 즐기기 위해 북극 제비갈매기는 3만 4천 킬로미터를 날아 스발바르제도로 날아온다네. 온몸에 흰 털이 난 북극여우도 여름에는 만날 수 있지. 겨울밤이면 어둠의 보석들, 오로라가 춤추는 곳이지. 우주물리학자들은 짐승들의 뼈를 이루는 원소는 우주에서 날아왔다고 하네. 우리 몸을 구성하는 원소도 우주에서 왔지. 한때 우리는 오로라였을 거야. 그리고 한때 우리는 순록이었거나 순록의 먹이인 이끼였을 거네."

그는 꿈꾸듯 소리 내었다.

그의 말을 들으며 나는 이상하게 가슴이 울렁거렸다. 언젠가 나는 그를 찾아 먼 길을 떠나리라는 예감마저 들었다.

"스발바르제도 어디로 가면 선배를 찾을 수 있습니까?"

"거긴 사람들이 별로 살지 않아. 차가운 해변의 땅 어딘가에 있을 거야. 낯선 여행자처럼 지내겠지. 여기서 멀지 않아. 별의 이정표를 찾는 남자를 수소문해보게나. 어쨌든 말일세, 틀림없이 보스는 자네를 내 후임자로 파견할 거야. 자네만 한 적임자가 없으니까. '완벽한가?'라고 물었던 건 내 서류상에 무슨 문제가 있을까 봐 걱정해서가 아니었네."

"그러면 무엇 때문입니까?"

"'완벽'의 본래 뜻은 물건을 조금도 상하지 않게 해서 주인에게 온전하게 돌려준다는 뜻이지. 자네에게 그렇게 내 업무를 물려주고 싶다는 뜻으로 던진 질문이었네. 이제 우린 서로의 임무를 다한 거 같네."

지난밤에도 몇 번이나 '완벽한가?' 하고 물은 것은 같은 뜻의
질문이었을까? 이런 생각에 빠져 있을 때 그가 내 어깨를 툭
쳤다. 우리는 호텔로 돌아와 뷔페를 먹었고 그는 숙소로 돌아
갔다. 나는 잠시 눈을 붙였다가 짐을 챙겨서 공항으로 나갔다.
밖에는 비가 부슬부슬 내리고 있었다. 공항에 도착하니 그의
모습이 보였다.

그가 말했다.

"다시 만날 날이 있겠지만, 자네가 내 후임으로 이곳으로 돌
아왔을 때 나는 이미 떠나고 없을 거야. 아마레는 이곳에 여전
히 있겠지. 세이렌이 자네를 기다리고 있을지도 몰라. 루뱅 대
학에서 교수로 일하던 여인이 어떤 깨달음에서 모든 것을 접고
차린 카페이니 없어지진 않을 거야. 우리에게도 공중에 떨리는
깃발만 보고도 그리움의 행방을 알 수 있던 시절이 틀림없이
있었겠지……. 어쨌든 아마레 주소는 프린셍라흐트 263번지
일세. 적지는 말고 기억해두게나. 자네 혼자 가도 세이렌이 알
아볼 거야. 자네를 위해 멤버십 카드를 미리 준비해두겠네. 그
게 후임자에 대한 예의이고 선물이겠지."

그는 연필로 꾹꾹 눌러쓰듯 아마레의 주소를 말했다. 나는 그가 불러주는 주소를 속으로 외웠다.

프린셍라흐트 263.

나는 갑자기 그에게 묻고 싶어졌다. 숫자놀음에 더 이상 자신을 낭비하고 싶지 않다는 것은 떠나는 사소한 이유에 불과하다고 그는 자신의 입으로 말했었다. 그렇다면 진정한 이유는 무엇일까.

나는 출국대 앞에서 돌아서며 물었다.

"강 선배가 떠나는 더 큰 이유는 무엇입니까?"

"근원적인 이유 말인가?"

나는 고개를 끄덕이며 다시 물었다.

"완벽한 이유가 있을까요?"

"사소한 이유를 하나 더 말할 수는 있지. 자네도 여기 와서 살면 그런 초대를 받을 수도 있을 것 같은데, 언젠가 이별 파티에 간 적이 있었어. 처음 암스테르담에 와서 묵었던 숙소 주인이었던 얀느 할머니로부터 초대를 받아 간 거였지. 얀느는 온몸에 암세포가 번져 이제 자신에겐 진통제의 시간만 남았다고 판단했을 때, 스스로 삶을 마감하기로 선택했네. 그러고는 기억에 남아 있는 이들을 초대해 마지막 파티를 연 거지. 그날 밤 파티가 끝난 뒤, 그녀는 의사의 도움을 받아 혈관에 최후의 주사를 맞았다네. 그때 나는 시간만이 아는 대답은 너무 늦게 올 것이고, 시간이 모르는 대답도 있을 거라는 생각이 들었네."

그는 그렇게 말하고는 빙그레 웃었다.

인천행 네덜란드항공 비행기에 탑승해서야 나는 조금 정신이 들었다. 며칠 더 머물렀다면 날마다 아마레를 찾아갔을 것 같다는 기분이 들었다.

비행기가 이륙하자 나는 눈을 붙이고 싶었지만 쉽사리 잠이 들지 못했다. 사십대 후반의 금발머리 스튜어디스가 식단표를 보이며 어떤 메뉴를 원하느냐고 물었지만 나는 고개를 흔들었다. 그녀는 가슴에 달린 이름표를 만지며 빅토리아라고 했다. 혹시 몸이 아프면 비상약이 있으니 언제든지 불러달라고 했다. 나는 아프지 않다고 말했다. 목이 말랐다. 나는 입술을 만져보았다. 입술이 갈라져 있었다. 유리창에 이마를 기댔다. 밖은 이미 어두워졌다. 나는 이마를 창에 대고 깜깜한 밤하늘을 내다보고 있었다.

그때 어디선가 목소리가 들렸다.

"아마레, 아마레!"

나는 소스라치듯 놀라 사방을 돌아다보았다. 그러나 주변의 비즈니스석에는 식사를 마치고 잠을 청하거나 비디오를 보고 있는 승객들뿐이었다. 나는 환청을 들었다고 생각했지만 가슴이 진정이 되지 않았다. '꿈일 거야' 하고 생각했지만 가슴이 자꾸 두근거렸다. 나는 오른손으로 왼쪽 가슴을 문지르며 창밖을 보았다. 창밖에는 완벽하게 잊어버리고 있었던 모습이 떠올랐다. 나는 그의 이름을 바로 기억해내었다.

그의 목소리를 결국 나는 완전하게 잊지 못한 것이었다.

아마레…….

나는 서둘러 유리창에 번지는 입김을 닦아내고 귀를 기울였다. 그러자 깊고 오랜 노래처럼 그의 얼굴이 점점 커다랗게 다가왔다.

그는 여전히 젊고 푸른 모습으로 나를 보고 있었다.

나는 눈을 감았다가 떴다. 이건 꿈이라고 생각했다. 그는 창밖의 차가운 기류 속에 서서 나를 보고 있었다. 오래전 그와의 일을 나는 100년이 지난 듯이 잊고 살았다.

나는 그의 얼굴을 만지기라도 할 듯 유리창에 서리는 입김을 닦아가며 그의 이름을 불렀다.

"한수명······."

그러나 그는 대답하지 않았다. 다가설 듯하면서도 다가오지 않았다. 차가운 기류가 흐르는 공중에서 그는 내게 이렇게 말하는 것 같았다.

'누가 우리의 이름을 기억하고 있을까? 한 남자와 한 여자가 이 세상에 살았고 그들은 한없이 사랑했다. 그들이 사라지고 이 세상은 그들을 잊었다. 그리고 너도 다 잊어버렸다.'

나는 그에게 변명처럼 대답해야만 했다. 그에 대한 기억을 온전히 지켜내지 못해 미안하다고. 그럴 수밖에 없었다. 창밖에서 나를 바라보는 그의 모습이 너무 처연하고 막막했기 때문이다. 나는 그 추운 곳에 서 있지 말고 안으로 들어오라고 했지만 그는 고개를 흔들었다. 그가 고개를 흔들 때 비로소 나는 그가 내게 전해준 일기가 떠올랐다. 상자 안에 넣어 봉인해버린 그의 일기 말이다.

나는 어쩔 수 없이 그의 일기를 받았지만 버릴 수도 불태워버릴 수도 없었다. 대학을 마치고 유학 기간 내내 그의 일기는 상자 안에 숨어 있었다. 그리고 정말 나는 그와 그가 사랑했던 여자마저 잊어버리고 말았다. 그는 슬픈 얼굴이 되어 있었다. 그가 내게서 등을 돌리려고 했다.

나는 다시 그의 이름을 불렀다

"수명아, 기다려!"

내가 얼마나 간절하게 친구의 이름을 불렀는지 알 수 없었지만, 눈을 떠보니 빅토리아가 식은땀이 맺혀 있는 내 이마를 물수건으로 닦아주고 있었다. 그녀는 내가 악몽을 꾸는지 소리를 치며 매우 괴로워하길래 얼음을 싼 물수건으로 내 이마를 닦아주었다고 했다. 나는 고맙다고 말했다. 그때부터 나는 비행기가 인천공항에 닿을 때까지 창밖을 쉼 없이 내다보았다. 어쩌면 그가 금방이라도 다시 나타날 수 있을지도 모른다는 생각이 들 정도로 꿈은 선명했다. 그렇게 쉼 없이 창밖을 내다보는 사이 몇 번이나 빅토리아가 와서 아무것도 먹지 않아서 걱정이 된다고 했다. 나는 괜찮다고 했다. 물을 몇 모금 마셨다. 나는 의도하지 않았지만, 결코 그에 대한 기억을 막을 수 없었다. 창밖의 기류 속에서 그의 모습이 따라왔다.

비즈니스석 담당 스튜어디스들은 번갈아가며 나의 상태를 살폈고 빅토리아는 말없이 흰 손수건을 건넸다. 나는 내 자신도 모르게 비행기가 서울 상공에 이를 때까지 소리 없이 울고 있었다.

인천공항에 도착하자 빅토리아는 나를 가만히 안아주며 말했다. 무사히 도착해서 고맙다고. 나는 그녀에게 손수건을 돌려주었다. 그녀는 무슨 일인지 몰라도 너무 슬퍼하지 말라고 내게 귓속말을 했다. 나는 고맙다고 대답했다.

오후 네시, 서울의 해는 아직 많이 남아 있었고 바람이 횡단보도의 빈 코카콜라 깡통을 굴러가게 할 정도로 불었다. 나는 휴대전화로 보스에게 도착했다는 보고를 했고 다음 날 아침에 보고서를 제출하겠다고 했다. 보스는 인형을 잘 전달해주었는가, 라고 물었다. 미레에게서 저녁 대접도 받았다고 하자 보스는 그건 아주 특별한 일이라고 목청을 높였다. 자신이 하고 싶어 하는 일이 아니면 손끝 하나도 꼼짝하지 않는다는 말까지 덧붙였다.

매혹
charm

아, 그대로 두어라 내가 영원히 당신 안에서 헤매도록

누구도 내 흔적을 다시는 찾지 못하도록

당신의 비 묻은 한숨과 타오르는 영혼이

내 노래의 온몸으로 번져나가도록

— 포루그 파로흐자드, 「사랑한다는 것에 대하여」에서

1

나는 숙소로 갔다. 울프에서 마련해준 복층 오피스텔이었다. 나는 트렁크를 침대 위에 던져놓고는 온 방 안을 뒤집어 그의 일기가 들어 있는 상자를 찾기 시작했다. 버리지는 않았겠지만 그 상자가 정확히 어디 있는지 알 수 없었다.

한수명이 떠난 뒤 나는 한 번도 상자를 열어보지 않았다. 보라색 스카프로 싼 그의 일기가 든 상자를 유학 가면서도 가지고 갔다. 그가 생각날 때는 상자를 열고 누구에게도 전해줄 수 없는 그의 일기를 읽어보곤 했지만, 시간이 갈수록 나는 그게 무슨 의미가 있는가 싶어 테이프를 둘러 봉인해버리고 말았다. 비즈니스 스쿨에 다니는 동안 날마다 제출해야 하는 리포트와 시험이 과거의 기억을 가려주었다. 장학금을 받기 위해서는 한순간도 게을리할 수 없었고 공부도 따라가기 어려웠다.

그런 핑계를 대며 나는 의도적으로 그와 관련된 이름을 지우고 싶어 했는지도 모른다. 내가 선택할 수 있는 것은 공부밖에 없었다. 별로 특기도 없고 다리를 저는 남자가 일생 할 수 있는 일이란 책상에 앉아서 하는 일이 전부였다. 학교 교사였던 부모도 내가 오직 책상에만 앉아 있는 것을 다행스럽게 여겼다. 경영학은 내 적성에도 딱 맞았다.

그러나 내가 그를 완전하게 잊은 것은 아니었다. 그의 일기를 태워버릴까 하는 생각을 하지 않은 것도 아니지만 나는 그것을 불태워버릴 권리가 없었다. 처음에는 그의 부모에게 돌려주어야 한다는 생각도 했지만 그러면 부모가 더 고통스러워할 수도 있었다. 나는 낡은 사진처럼 일기에 박혀 있던 그들의 목소리와 외침이 잊힐 것이라고 기대했을 수도 있다. 그래서 상자 속에 넣어 봉인해두었을 것이다.

붙박이장 가장 아래 서랍에 그의 일기를 넣어둔 상자가 있었다. 나는 조심스레 가위로 테이프를 자르고 상자를 열었다. 상자 안에는 그의 일기가 여전히 들어 있었다. 그와 그를 통해서 알게 된 이름들이 하나씩 생각났다. 한수명 유스토, 서인애 플로라, 루치아 수녀, 최바울로 신부. 그리고 성당의 교리교사 김일영 프란치스코의 얼굴이 떠올랐다.

나는 그중에서 김일영이 어디에 살고 있는지 궁금했다. 내가 뉴욕에서 서울로 돌아온 얼마 뒤 그의 연락이 한 번 있었다. 그때 어딘가 그의 연락처를 적어두었던 생각이 났다. 나는 책상 서랍을 열었다. 서랍 바닥에 석적여인숙이라는 곳의 전화번호가 적힌 쪽지가 있었고, 그제서야 그가 여인숙을 하고 있다고 말한 것이 기억났다.

봉인해두었던 일기와 그와 연관된 이들을 다시 떠올리는 이유를 내 스스로도 알 수 없었다. 한수명과의 수많은 기억들이 겨울 눈이 녹고 난 뒤 나뭇가지에서 움트는 이파리처럼 다시 새파랗게 나타나기 시작했다.

2

"아마레, 사랑한다는 뜻의 이 라틴어는 비통하다, 쓰디쓰다는 의미도 가지고 있어."

한수명이 학교를 그만둔다고 내게 털어놓으면서 했던 말이다. 그와 나는 대학 1학년 한 학기를 같이 다녔다. 그는 영문학

과였고 나는 경영학과였다. 우리는 기숙사에서 같이 생활했다. 1학기가 끝나자 그는 학교를 그만두고 다시 대입 시험을 쳐서 가톨릭 신학대학으로 갔다. 시골 고향 친구인 그와는 고등학교도 같이 다닌 사이였다. 수도원 부근에 있는 그의 집은 쌀 도매상을 하고 있었다.

그는 진지하고 열정적인 눈빛으로 말했다.

"나는 신학대학에 가서 신부가 될 거다. 내가 플로라를 지켜줘야 해. 인간의 힘으로 되지 않으면 신의 힘을 빌려서라도. 신부가 되어서 그녀를 지켜줄 거다. 피하고 싶었지만 순명의 선택과 결단의 시간이 이제 왔어."

그는 결연하게 말했다. 나는 그의 결단에 어떤 이의도 달지 못했지만 이해하기도 어려웠다. 다만 그의 말을 통해 뼈에 이상 세포가 번져나가는 서인애의 상태가 더욱 악화되었음을 짐작할 따름이었다. 플로라는 그녀의 영세명이었다. 나는 그의 결단에 내심 찬성할 수 없었다. 그는 기적을 기다리는 사람처럼 간절하면서도 위태위태하게 보였기 때문이다.

그러나 그녀를 지켜주고자 하는 스무 살 청년의 첫사랑은 그것보다 더 나은 선택을 할 수 없게 만들었는지 모른다. 그의 결단이 어리석고 유치할지도 모르지만 그에게는 불가피하고 회복할 수도 없는 명백한 불행 앞에 그가 할 수 있는 유일한 선택이며 항의였을 것이다.

나는 자주 그들이 만나는 자리에 같이 있곤 했다. 그가 부탁을 했기 때문이었다. 플로라는 골반뼈에서 일어나는 통증 때문에 의자에 앉을 수가 없었다. 찻집에서 그와 나는 대각선으로 보며 앉고 그녀는 내 옆에서 무릎을 꿇고 그를 마주 보았다. 그들은 창가 쪽에 앉았고 나는 플로라 곁에 앉아 무릎을 꿇고 있는 그녀의 모습이 다른 사람들에게 보이지 않도록 조금이라도 가려주고 싶었다. 찻집의 다른 손님들이 보면 그녀가 무슨 큰 잘못을 저질러 벌을 받고 있는 것처럼 보일 수 있었다. 그가 신학대학을 마치고 성당에서 교리교사를 가르치다가 갑자기 입대를 하기 전까지 거의 나는 그들이 만나는 자리에 함께 있었다.

신부가 되려는 신학생이 여대생을 만난다는 일 자체가 남의 입에 오르내릴 수 있기도 했다. 내가 그들 곁에 있어주면 그들은 한결 편안해했다. 나는 어쩔 수 없이 그들의 감시자이며 증인이 되어버리고 말았다. 그는 플로라보다 한 살이 더 많았다.

처음 그의 요청으로 플로라를 만난 날 단발머리가 찰랑거리는 그녀의 얼굴은 라일락보다 더 은은하고 아름다웠다. 나는 잠시 눈이 부셨다. 그녀는 키가 컸고 다리가 길었으며 몸매는 날씬했다. 손가락도 길었고 속눈썹도 길었다. 입술은 단단하게 다물고 있어서 냉정한 느낌을 주었지만 그를 바라보는 눈빛은 깊고 아련했다. 나는 그녀가 악성골수종양을 앓고 있다는 사실이 믿기지 않았다. 그를 바라보는 그녀의 떨리는 숨소리마저 귀에 또렷하게 잘 들렸다.

그녀는 그를 만날 때면 평소보다 몇 배의 진통제를 먹고 나오곤 했다.

찻집에서 나와 생맥주 카페로 갈 때면 나는 그들보다 한 걸음 뒤에서 걸었다. 뒤에서 보는 두 사람의 모습은 평범하고 풋풋한 젊은 연인이었다. 그의 어깨로 플로라의 단발머리가 스쳐 갔고, 두 사람은 손을 꼭 잡고 있었다. 다리 통증으로 비틀거릴 때도 있었지만 그녀는 금방 자세를 바로잡았다. 그때도 그녀는 치밀어 오르는 다리 통증에 고통스러워했을 것이다.

어느 봄날, 그는 보라색 실크 스카프를 선물로 사서 그녀에게 매어주었다.

"오, 플로라. 이거 너무 잘 어울리는데. 우리 약속 하나 해야 겠다."

"그래요, 우리 무엇이든지 약속해요."

그녀는 그가 말도 끝내기 전에 먼저 손가락을 내밀며 그렇게 대꾸했다. 스카프를 맨 그녀의 얼굴은 보라색에 물들었기 때문 인지 매혹적으로 환하게 빛났다. 핏기 없는 얼굴이 분홍색으로 발그레하게 살아났다.

"해마다 봄이 오면 내가 너에게 스카프를 사주는 약속이지. 너는 언제나 내가 선물하는 스카프를 매고 다녀야 하고."

"정말이요? 나도 학사님에게 스카프를 선물하겠어요."

"그래, 이 봄부터. 봄은 기다리면 빨리 오니까. 이 봄 가면 이 듬해 봄을 기다리는 거야. 빨리 약속해."

"이듬해 봄이 오지 않으면?"

갑자기 그녀의 얼굴이 어두워졌다.

"나의 봄을 다 가져가면 돼. 걱정하지 마. 우린 언제나 봄을 기다리는 거야. 지난겨울에도 나는 봄을 기다렸어. 우리의 모 든 존재를 기울이면 회복될 거야."

"학사님, 그러나 나는 당신의 봄을 가질 수 없어요."

그녀는 갑자기 내게 물었다. 보라색이 무슨 뜻을 가지고 있는지 아느냐고. 화장기 하나 없는 그녀의 눈가에 얼룩이 져 있었다.

"잘 모르겠는데요."

나는 웃으며 대답했다.

"그건…… 신비예요."

그녀의 목소리는 오보에처럼 떨렸다.

그가 말했다.

"존재 자체가 신비한 거야. 가브리엘 마르셀이라는 철학자가 그렇게 말했어. 우리는 존재하므로 신비하지. 보라색은 참회하고 잘못을 갚는다는 뜻도 있어."

나는 그의 말을 들으며 찻집 창밖으로 먼지가 번지고 있는 공중을 바라보았다.

"플로라, 우리가 어디서 처음 만났지? 그날은 너무 아름다웠는데."

"우린 교리반에서 만났어요. 사춘기 시절에. 그러나 우리의 만남은 축복이자 동시에 죽음일지도 몰라요."

"축복은 모든 죽음을 감싸고도 남음이 있어. 그런 말 하지 마."

"아파서 교리 시간에 자주 빠졌어요. 그런 날은 루치아 수녀님이 직접 과수원집으로 찾아와 교리를 가르쳐주셨어요. 그분에게 너무 많은 격려와 용기를 받았는데 우리를 걱정스러운 눈으로 보고 있어요."

"루치아 수녀님은 철저하신 분이니까."

"수녀님은 하느님의 사랑을 인간의 사랑으로 재어보려고 해서는 안 된다고 말씀하셨어요. 정말 그럴까요? 아무도 그 사랑을 설명할 수도, 증명할 수도 없다고 하셨어요. 오직 스스로 드러나실 뿐이라고. 그러나 나는 그 뜻을 받아들이기가 힘들어요. 수녀님의 말씀은 우리 사이를 몹시 염려한다는 의미로도 들렸으니까요."

"기적을 기다리는 시간을 아무도 방해할 수 없어. 우리, 그렇게 생각하지 말자. 첫 영성체를 할 때 너는 천사처럼 아름다웠어. 나는 가슴이 울렁거렸어. 그날, 너를 지켜주는 일만이 내가 살아서 할 일이라고 다짐했어."

그녀는 고등학교 때부터 뼈에 생긴 종양을 제거하기 위해 수술과 방사선치료를 거듭했다. 진통제를 털어 넣고서 통증을 견디며 한수명을 만나는 시간에 그녀는 행복해 보였다. 꿈꾸는 천사처럼.

"의사는 이렇게 말했어요. 기적을 기다리듯 병과 싸워나가야 한다고. 의사가 기적을 말하다니, 그 말은 더 이상 나를 위로할 말도 없다는 뜻일지도 몰라요. 그러나 상관없어요. 유스토 학사님, 당신은 내게 기적의 선물이었어요. 동시에 나는 학사님, 당신을 자유롭게 해드려야 한다고 언제나 다짐을 해요. 그러나 당신을 만날 수 없다면 견딜 수 없어요. 정말 기적을 기다리고 싶어요."

그녀가 고개를 숙였다. 희고 마른 목덜미가 드러났다. 그는 플로라를 애처롭게 보고 있었다. 머나먼 별을 보듯 그는 막막한 얼굴을 하고 있었다.

"그때 내가 교리반으로 가지 않았다면 우리는 만나지 못했을까요. 만나지 못했다면 괴로움도 적었을까요?"

"플로라는 아무 잘못이 없어. 꽃처럼 환할 뿐이야. 꽃이 무슨 잘못이 있어? 있다면 나의 잘못이야."

"학사님이 무슨 잘못이 있나요?"

"신에게 약속했다. 오직 너를 위해 기도하겠다고."

"왜 그렇게 하셨어요? 내가 가여워서 그랬나요?"

그녀의 얼굴은 비안개처럼 젖어 있었다. 그는 생각에 잠겨 있다가 대답했다.

"가여워서? 아니야, 너에 대한 나의 시간, 나의 사랑은 결코 가여움에서 출발하지 않아. 우린 무엇인가 같았을 거야."

그들은 서로의 얼굴을 바라보았다. 두 사람의 모든 신경과 열정이 서로에게 향하고 있었고, 그것은 세찬 물길처럼 그들을 휘감았다.

스카프를 서로 선물하는 약속이 무어 대단하랴만 그들에게는 소중한 약속이었다. 어느 날, 그녀도 그에게 같은 색의 스카프를 선물했다. 서로가 스카프를 매어주고 이야기를 나누는 모습이 내 눈에는 멀고 스산한 풍경처럼 보였다. 그들의 약속은 그리 오래가지 못했다. 그녀는 입원과 수술, 퇴원, 그리고 다시 입원을 되풀이했다. 복학했다가 다시 휴학을 했다.

산기슭 낮은 언덕길에 복사꽃이 막 지고 있는 봄날, 나는 그들 봄 소풍을 따라갔다. 두 사람은 분홍색 물감을 엎어놓은 듯한 언덕에서 한나절을 보냈다. 플로라는 초등학생처럼 즐거워했다. 단발머리가 찰랑거리며 길고 가는 목 위를 스쳤고, 그 위로 복사꽃 잎들이 붉은 얼룩을 만들며 내려앉았다. 언덕 전부가 복사나무밭이었다. 그들의 얼굴이 꽃사태처럼 일렁거렸다. 꽃잎마다 그들의 얼굴이 겹쳐져 보였다. 플로라는 조금도 아프지 않은 듯했다. 그녀는 그의 손을 잡고 나무 사이로 가볍게 뛰어다녔다.

"이렇게 잘 달릴 수 있어요. 눈을 감고 있어도, 학사님 당신이 너무 잘 보여요. 눈을 뜨기가 싫어요. 눈을 뜨면 너무 아찔해지고 말아요. 눈을 감아도 이렇게 잘 보이는데, 눈을 뜨면 너무 잘 보여서 숨이 터져버릴지도 몰라요. 그러므로 당신은 나를 잊어야 해요. 아, 차라리 눈이 멀었으면. 당신이 떠나도 당신은 나와 함께 있어요!"

그녀는 숨이 찬 듯이 외쳤다.

나는 그날, 왜 그녀가 그에게 자신을 잊어달라고 말하는지 알 수 없었다. 내 눈에는 그 어떤 것도, 심지어 죽음도 두 사람 사이를 갈라놓을 수 없을 것처럼 보였다.

그의 일기 속에는, 그녀가 바로 그날 쓴 편지가 들어 있었다.

오, 학사님.

우리가 참으로 기적을 기다렸지만 그 기적은 오지 않았습니다.

이제 우리는 그 사태를 받아들일 준비를 해야 합니다. 당신은 나로부터 자유로워져야 합니다. 당신에게 직접 이 말을 전하고 싶습니다. 또 보고 싶습니다.

지금 나는 그 어느 때보다 흔들리고 고통 속에 있습니다. 또한 나는 그 어느 순간보다 진실에 가까워지고 있다는 느낌 속에 있습니다. 그 속에서 나는 지금 슬픔의 핵처럼 평화롭습니다.

우리가 걸었던 그 길은 언제나 이 지상에 남아 있겠지요.

우리가 했던 약속도 이 지상에 남아 있겠지요.

그 꽃잎들은 다시 세상을 찾아오겠지요.

또 다른 이가 그 길을 접어들었을 때, 우리가 너무나 젊었고 희망도 많았으며 한 사람을 지극히 사랑했다는 것을 전해주고 싶습니다.

이제 나는 진정 당신을 떠나보내야 합니다. 이 말이 거짓말이라 할지라도 나는 지금 이렇게 말할 수밖에 없습니다. 나는 잘 견딜 수 있습니다. 나의 생애에서 해석할 수 없는 일은 당신에 대한 사랑밖에 없습니다.

우리는 큰 선물을 받았습니다.

당신은 나를 사랑한다고 했습니다.

나 또한 당신을 사랑한다고 고백했습니다.

그때 나의 모든 시간들이 새롭게 살아났습니다. 지난 시간들과 뼈를 울리는 고통까지 자랑스러웠습니다. 왜냐하면 당신을 사랑한다고 말하게 될 때까지 나는 그 먼 길을 걸어왔으니까요.

오늘 나는 정말 당신을 사랑하는가라고 스스로 묻고 있습니다. 왜 이런 질문을 나는 하고 있을까요. 그리고 스스로의 물음에 소스라칩니다. 왜 사랑하는가? 무엇 때문에 사랑하는가? 사랑은 스스로에게 질문을 하게 합니까?

오, 유스토······.

나는 당신을 만나기 전부터 당신을 기다려왔나요? 사랑은 어떤 한계도 넘어설 수 있을까요? 사랑은 자유와 용기, 기쁨과 슬픔의 한계까지 넘어설 수 있을까요? 사랑이 죽음까지 넘어선다면 나는 당신을 사랑한다고 말할 수 있는가요?

오직 나는 나의 존재를 당신에게 바칠 뿐입니다. 나의 모든 시간은 당신에게서 나오니까요. 통증이 깊을수록 얼굴은 흐려가지만 당신에 대한 그리움의 흔적은 나의 영혼 속에서 스스로 살아서 꽃을 피우고 머나먼 날, 열매를 맺을 것입니다.

슬퍼 마십시오, 나의 유스토.

오, 나의 하느님.

유스토 없이 살 수 없다는 것을 당신도 아신다면 이제 나를 용서해주십시오. 나는 오직 힘을 다해 견디고 있습니다.

그날 그들은 손뼉을 쳤고 그 소리 사이로 꽃잎이 후드득 졌다. 빠르게 어디론가 흘러가는 강물 같은 그들의 모습을 바라보며, 나는 화상을 입은 듯 깜짝깜짝 놀라곤 했다. 나는 배가 고파서 가져온 김밥을 입에 넣었지만, 그들은 배고픈 줄도 모르고 물살 위의 꽃잎처럼 어디론가 떠내려가고 있었다.

그는 그녀를 만나고 돌아온 날이면 절망하곤 했다.

"아무 응답이 없어!"

"응답이 없다니, 그게 무슨 뜻이니? 서인애 씨를 만나는 동안 한없이 즐거워하지 않았니?"

"신은 우리를 시험하고 있을까? 플로라의 병이 점점 깊어가고 있어. 나는 어떤 길을 가야 할까? 나는 완벽하게 그녀의 고통을 이해할 수 있을까? 그리고 요즘 나는 루치아 수녀의 눈빛을 마주 보기가 점점 힘들어져."

그는 그렇게 스스로를 책망했다.

그녀는 거의 학교를 다니지 못했다. 수술을 받은 서울의 병원으로 와서 코발트 치료를 받는 날이 더 많았다. 주말이면 그는 고향으로 내려가 최바울로 신부의 미사를 돕기도 하고 그녀를 만나기도 했다. 그가 가지고 다니는 성서는 너무 읽어서 책장 모서리가 닳아 있었다.

나도 가끔 고향으로 내려가 그들과 함께 강변을 걷다가 밤하늘의 별을 헤아려보기도 했다. 어느 날 우리가 함께한 자리에 누군가가 나왔다. 성당의 청년회장인 김일영이었다. 그때 그를 처음 만났다. 김일영은 내가 다리를 저는 모습을 보고는 동질감을 느꼈는지 나를 친절하게 대했다.

그날 김일영은 침을 튀겨가며 별자리에 대해 말했다. 얼마나 큰 소리로 떠들어대는지 목이 아플 것 같았다.

"저 하늘을 보십시오! 저 하늘의 별들이 다 무엇인가 하면 이미 이 세상을 다녀간 사람들입니다. 또 세상으로 다시 올 얼굴입니다. 우리는 별에서 왔다가 별로 돌아갑니다. 하늘을 두 쪽으로 가르는 은하수도 다 사람들의 얼굴이지요. 별똥별은 누군가 떠나는 신호이기도 하지만 다시 지상에 태어나는 얼굴이기도 합니다."

플로라와 한수명은 강둑의 미루나무 길을 걸어갔다. 플로라가 "오늘 밤 별을 다 헤아리지 못하는 것은 내일 밤이 있기 때문일까" 하고 낮은 목소리로 말했을 때, 그는 그녀의 눈에 무수히 박혀 있는 밤하늘의 별을 보고 있었다.

어느 날 그는 내게 탄식하듯 말했다.

"이 세상에서 나의 가장 큰 기쁨은 플로라이고 동시에 가장 큰 슬픔도 플로라, 서인애야. 나의 작은 존재가 바쳐져서 플로라의 고통을 구할 수 있기를 나는 늘 기도해. 그러나 응답이 없구나."

방학 때면 그는 내내 고향에 머물면서 성당 일을 도왔기에 나는 그를 거의 만나지 못했다. 그는 성당 근처에 있는 나환자촌의 미감아들을 불러 모아 합창단을 만들었고, 플로라가 피아노 반주를 맡았다. 그녀가 의자에 앉는 유일한 시간이 피아노 반주를 할 때였다. 피아노 의자가 그녀에게는 가시방석 같았겠지만, 그녀는 아무렇지 않은 듯 견디어내었다. 그들에게 이듬해 봄날은 절룩이듯 아슬아슬하게 찾아왔다가 갔다.

나는 대학을 졸업하고 대학원에 들어가면서 기숙사를 나와 학교 앞의 원룸에서 생활하게 되었다. 당시 그는 신학대학을 마치고 성당에서 대학생 교리반을 가르치고 있었다.

한 달쯤 소식이 없던 그가 나를 찾아왔다. 플로라가 다시 코발트 치료를 받기 위해 서울에 있다며 다음 날 만나기로 했다고 말했다. 그의 손에는 작은 생수 통이 들려 있었다. 그는 수도원에 피정을 가 있었다고 했다. 혼자 독방에서 기도하며 지냈다는 것이다. 그 말끝에 그는 군 입대를 하게 될지도 모르겠다고 말했다. 그의 얼굴은 어두웠다.

"너는 우리의 증인이니까……."

그는 그렇게 말하며 내게 루치아 수녀가 보낸 편지를 보여주었다. 매우 긴 편지였다.

유스토 학사님.

어디서부터 이야기를 시작해야 할지 모르겠지만 우선 하느님께 감사드리기로 해요. 우리를 사람으로 만들어주시고 생각할 수 있는 힘을 주시고 감정을 주셔서, 좋아하고 싶은 것을 좋아하고 사랑하는 사람을 사랑하고 헌신하고 싶은 곳에 헌신하게 해주셨으니 말이어요.

저는 학사님이 어릴 때부터 학사님과 잘 알고 지냈지요. 쌀 배달을 하는 아버지를 따라온 어린 소년을 우연히 만나면서부터요. 그리고 학사님은 저를 나이 많은 누님처럼 따라주었어요. 저는 언제나 학사님을 잊지 않고 있고 언제나 가장 많이 생각하고 있어요. 우리 모두에게 학사님은 소중한 분이어요. 학사님은 탁월한 능력을 가지고 있는 분이니까요.

학사님, 남자가 여자를 사랑하는 일은 하느님의 뜻이어요. 학사님처럼 작은 존재가 되고 싶어 하고 눈에 보이지 않는 것을 소중하게 여기는 마음씨를 가진 청년은, 더더욱 플로라를 아끼는 마음이 한없겠지요. 눈에 보이는 것, 손으로 만질 수 있는 것은 빨리 더러워진다고 언젠가 학사님은 제게 말했어요. 그런 학사님이, 더구나 봉사와 희생정신도 강한 학사님이 플로라를 얼마만큼 사랑하는지 짐작만 해도 가슴이 저려와요.

학사님.

사랑은 고귀하고 감미로워요. 그런 체험은 학사님의 신앙심을 풍성하게 하고 학사님이 선택한 길이 다른 길과 어떻게 다른지를 구별하게 만들겠지요.

학사님이 택한 그 길에 생애를 건다는 것은 어떤 뜻일까요? 그것은 봉사도 아니요, 헌신도 아니요, 전교도 아닐 거예요. 그것은 오직 하느님, 그 자체임을 누구보다 학사님은 잘 알겠지요. 우리가 봉사하고 진실되게 살기 위해, 가치 있고 아름답게 살기 위해 하느님을 선택한 게 아니라, 하느님을 선택했기 때문에 그런 삶을 사는 것이 아닐까요?

학사님, 저는 사제나 그와 같은 위치에 있는 이들이 목적을 잘못 이해한 바람에 가던 길을 되돌아서거나 오히려 인간에게 더 많은 상처를 주는 모습을 많이 봐왔어요.

학사님의 플로라를 향한 사랑은 순수한 자아로서 느끼는 고귀하고 정당한 사랑임을 저는 누구보다 잘 알고 있어요. 그러나 학사님, 그 사랑이 아무리 진실하다 할지라도 그것은 하느님께 모두 바치는 사랑 안에서 존재해야 할 거예요.

누가 그렇게 하라고 시키지 않았는데도 학사님은 스스로 하느님을 섬기려는 순명과 소명 앞에 서셨어요. 그런 학사님이 플로라에 대한 사랑을 스스로 어디까지 허용해야 할까요?

학사님.

하느님께 바치는 마음을 흩트리지 마셔요.

우리가 얼마나 그분의 마음에 드는지는 하느님만이 알 수 있어요. 학사님, 이 세상에는 더 불쌍하고 더 가엽고 더 굶주린 이들이 많이 살고 있어요. 왜 그들이 그렇게 살고 있을까요? 저는 이렇게 생각해요. 먼저 깨달음을 얻었던 이들이 소극적으로 살고 있기 때문이라고. 이 책임은 저에게도 학사님에게도 다 있어요. 정말 있어요.

저 역시 플로라를 사랑해요. 다만 저는 학사님의 플로라에 대한 사랑이 제가 플로라를 사랑하는 마음과 일치하기를 간절히 바라고 있어요.

부제서품을 잠시 미루고 군 복무를 마치는 게 어떠냐는 저의 제안을 아무 말 없이 받아들여줘서 정말 고맙고 자랑스럽게 생각해요.

하지만 학사님의 눈빛 속에는 어떤 위험이 짙어가고 있어요. 학사님이 제게 아무 말 하지 않아도, 저는 그걸 알 수 있어요.

학사님, 여기서 절대 주저앉으면 안 돼요. 하느님 앞에 서려면 어떤 것도 소유하면 안 된다는 게 무슨 뜻인지 아시겠지요. 하느님이 학사님을 부르셨고 그 완성의 길을 가기 위해서는 그 어떤 즐거움도 그 어떤 아름다움도 그 길 자체가 아닐 때에는 버려야 해요.

유스토 학사님.

학사님과 플로라를 위해 두 손을 모아 기도드리고 있어요. 하느님을 사랑하기 때문에 플로라를 사랑할 수 있음을 부디 잊지 마셔요.

나는 그가 곧 부제서품을 받게 되는 줄 알았다. 신학대학을 마치면 2년제 신학대학원을 가거나 이 년간 연구 과정을 거친 다음 부제서품을 받고, 그다음 일 년이 지나면 신부가 된다고 내게 말했기 때문이었다.

편지를 읽고 나는 그에게 말했다.

"네가 입대를 한다고 약속했구나."

"모든 주위와 단절되어 있고 싶기도 해. 아직 잘 모르겠다. 아, 무엇이 나를 존재하게 할까? 존재의 근거가 무엇인지 알 수 없어. 모라토리엄, 내 자신을 유예하고 유폐하고 싶어."

"모라토리엄이라니? 그 용어는 금융가에서 쓰는 건데. 프랑스에서 처음 시작되었지. 지급유예. 국가가 부채를 상환할 수 없을 때 일정 기간 채무 상환을 연기한다고 선언하는 거야. 그러면 국가의 신용도가 떨어지고 사회가 혼란스러워지지. 너는 무얼 연기한다는 거야? 어떤 경우이든 모든 모라토리엄은 신뢰도를 떨어뜨리는데."

"부제서품을 연기하면 어떻겠느냐고 루치아 수녀님이 말씀하셔서 그러겠다고 한 거야. 아, 그러나 수녀님에게 사랑이 어떻게 찾아오는지 설명할 수가 없어."

국가가 채무불이행을 선언하는 모라토리엄처럼 신부가 되

려는 그가 선택하려고 하는 모라토리엄은 그의 신앙에 대한 극심한 혼란을 단적으로 드러내고 있었다. 그는 땀을 뻘뻘 흘리는 것처럼 보였다.

"그 생수 통에 든 건 뭐야? 그냥 물은 아닌 것 같은데."

"수도원장에게 부탁해서 받은 루르드의 샘물이야. 기적의 성수라고 해."

그는 힘없이 대답했다. 그는 루치아 수녀에게 답장을 보내야한다며 밤새도록 내 원룸 책상에 앉아 썼다가 지웠다 하며 편지를 썼다. 다음 날, 나는 그와 함께 대학로의 찻집으로 갔다. 그곳은 그녀가 치료를 받고 있는 대학병원과 가까웠다. 코발트치료를 받고 있는 그녀는 병색이 완연했다. 그는 그녀를 위로하려고 했다. 희망을 품고 기다려야 한다고.

"며칠 전부터 다시 허리부터 발목 끝까지 통증이 일어나고 있어요. 얼마나 놀랐는지 몰라요. 지난겨울, 낫기만 하면, 낫기만 하면 나의 모든 것을 하느님 뜻에 맡기겠다고 하느님께 약속했어요. 아, 하느님과의 약속 앞에 어떤 전제를 단 것이 잘못이었을까요? 신이 있다면 나의 기도를 들어달라고 얼마나 외쳤는지 몰라요. 그러나 터무니없이 어리석은 짓이었어요. 우리는 신의 뜻을 알 수 없고, 다만 우리의 욕망만 알 수 있으니까요.

한, 수, 명, 유스토 학사님……."

그녀가 그의 이름을 한 자씩 불렀다. 찻집 창밖으로 마른 먼지가 거듭 일어났다. 무릎을 꿇고 허리를 곧게 편 채 그녀는 그의 얼굴을 오래 올려다보았다.

"학사님, 당신은 힘들어하고 있어요. 해가 뜨고 꽃이 피고 바람이 부는 날이 자꾸 지나갈수록 내 통증은 더 깊어지고 있고요. 당신을 만난 뒤 모든 세포가 새롭게 살아 오를 줄 알았는데 이제는 얼마나 견딜 수 있을까 두려워져요.

그렇지만 괜찮아요. 인생을 제대로 모르는 채 사라진다 해도, 안타까워하지 않겠어요. 당신이 어디에 있든 나는 학사님 당신을 사랑하니까요. 주위의 모든 분들이 우리를 아슬아슬하게 지켜보고 있겠지요. 바울로 신부님도, 루치아 수녀님도."

그녀는 허리를 펴고 탁자 위로 두 손을 가지런히 모았다. 그는 손을 뻗어 바짝 마른 그녀의 손을 감싸 쥐었다.

"학사님, 당신도 루치아 수녀님에게서 들었지요?"

그는 아무 대답 없이 수도원장에게서 선물로 받은 루르드의 샘물을 그녀에게 전했다.

그녀는 그 기적의 성수를 물끄러미 보며 말했다.

"이 순간이 바로 기적일까요? 내게 얼마의 시간이 남아 있는 지 안다면 나는 하나씩 시간과 순서에 맞춰 작별할 수 있을 텐데. 과학적으로 남아 있는 시간을 측정할 수 있다면요. 내가 해야 할 일, 내가 갚아야 할 일이 있다면 남은 시간 동안 힘을 다해 해내고 싶어요. 그런데 시간이 얼마나 남았는지 알 수가 없어요. 의사도 모르고요. 지금, 여기가 신이 나에게 주신 기회라면…… 당신 앞에 가장 아름다운 한순간이 되고 싶어요."

그녀에게서 꽃 냄새가 났다. 파리한 손등에서도, 메마른 어깨에서도. 그녀는 떨어지기를 거부하는 최후의 순간처럼 활짝 피어 있는 모습을 하고 있었다. 깊은 속눈썹과 둥근 이마, 유리 같은 입술에서도 꽃 냄새가 피어올랐다. 그녀는 허리를 곧게 폈다.

그는 여전히 그녀의 손을 잡고 있었다.

"플로라, 이 세상 모든 사람들이 불안과 죽음에 이르는 길을 가고 있는 수도자야. 그렇기 때문에 삶의 순간은 끝없이 상승하는 거야. 우리는 천사처럼, 천사의 날개처럼 가장 아름다운 순간으로 가고 있어."

그녀가 생수 통을 한 손으로 가만히 쓰다듬으며 말했다.

"그 천사의 날개에 불이 붙으면요?"

"그 불꽃이 우리를 태울 거야. 아니, 우리가 그 불꽃이야. 플로라, 언제나 우리에게 시간은 충분해. 왜냐하면 우리의 약속은 언제나 이 지상에 남아 있으니까. 만약 우리에게 작별이 온다면 우리가 기다려왔던 기적도 함께 올 거야. 어느 누구에게도 말할 수 없었던 이 지상의 약속이 우리를 기다리고 있을 테니까."

나는 눈을 비볐다. 의자에 앉아 있는 한 사람과 바닥에 꿇어앉아 허리를 펴고 있는 한 사람이 서로를 바라보는 모습이 너무도 애절했기 때문이다.

나는 점점 그들 두 사람 속으로 한 발씩 나도 모르게 걸어 들어가고 있었다. 그 속에는 어떤 부활도 존재하지 않았다. 원하지 않았지만 어느새 그들 사랑의 증인 자리에 서서 그들을 지켜보는 것이 힘들고 두려웠다. 그들에게 곧 닥쳐올 작별의 순간 때문이었다.

3

그는 갈수록 루치아 수녀의 눈을 마주하기가 힘들어진다고
내게 말했지만, 루치아 수녀는 그런 그의 마음을 누구보다 먼
저 알고 있었을 것이다. 그가 고향으로 내려가 진통제로 통증
을 견디고 있는 플로라를 만나고 나면, 늘 혼자 성당으로 들어
가 제대 아래 꿇어앉아 오래 기도했기 때문이었다. 때로는 술
냄새를 풍기기도 하면서. 그런 그의 모습을 수녀는 분명 뒤에
서 지켜보았을 것이고, 당연히 그가 어떤 일을 벌일지 아슬아
슬하게 느껴졌을 것이다.

"수녀님께 쓴 편지는 부쳤니?"

"아니, 부치지 않았어. 아직 가지고 있어."

그는 자신이 무슨 잘못을 했는지 스스로 질문한다고 했다.

"나의 모든 시간들이 플로라를 향해 몰아치고 있어. 나의 모
든 영혼이 건조될 정도로 플로라에게 달려가고 있어. 어쩌면
이 시간이 얼마 남지 않았을지도 몰라. 그러나 나는 막을 수 없
어. 어떻게 사랑이 시작되었는지 이 지상의 그 누구에게 설명
할 수도 없어.

너에게 말했지. 나는 그녀의 시간을 지켜주기 위해 신부의 길을 가고자 한다고. 그런데 왜 나는 플로라에게만 쉼 없이 기울어지고 있을까? 나의 존재 자체가 그녀 속에 있기 때문일까? 플로라가 고통을 견디며 걸어왔던 길을 기적이 올 때까지 함께 걷고자 하는 나의 기도가 애초부터 잘못된 것이었을까? 모든 인간의 길은 죽음으로 향해져 있다지만, 나는 점점 더 내 생을 완벽하게 플로라에게 바치고만 싶어. 그녀의 삶이 언제 단절될지 모르는 상황이니까. 플로라의 얼굴, 플로라의 목소리도 오직 나를 구원처럼 바라보고 있어. 그게 잘못일까?

신이 우리에게 존재함은 인간의 사랑을 통해서가 아닐까? 물론 나는 내가 선택한 길이 홀로 신 앞에 서야 하는 길임을, 누구도 함께 갈 수 없는 길임을 잘 알아. 나는 그 길을 피하려 하지도 않아. 하지만 동시에 나는 내가 만난 그리움과 나를 부르는 그 외침을 외면할 수가 없어. 루치아 수녀님은 플로라를 향한 내 마음이 위로와 동정이어서는 안 된다고 하지만, 그런 단어는 우리 사이를 해석할 수 있는 단어가 아니야."

그는 군 입대를 결정하고서도 매우 괴로워했다.

"신은 응답하지 않아. 나는 그녀의 구원이 아니야. 나는 그녀의 조건을 벗어나게 할 수 없으니까. 하지만 우리가 언제 어디서나 동시에 있는 순간이, 비록 고통스럽더라도 그런 순간이 꼭 올 거야. 그것이 바로 기적일 거고, 따라서 그 순간에 우리의 작별이 완성된다 할지라도 우리는 받아들여야겠지."

내가 할 수 있는 일은 그의 말을 들어주는 것밖에 없었다.

그가 돌아가고 며칠 뒤 일요일, 뜻밖에 플로라가 나를 찾아왔다. 세 번째 코발트 치료를 마친 뒤, 내가 다니는 대학원 건물 앞까지 나를 보러 온 것이었다. 그건 나에게 꼭 하고 싶은 말이 있다는 뜻이었지만, 내가 어떤 도움도 줄 수 없다는 것도 알았을 것이다.

막 초여름이 시작되어 등에 땀이 밸 정도로 햇빛이 강렬한 날이었다.

우리는 천천히 대학원 건물 뒤의 백양나무 숲을 걸었다. 그녀는 진통제를 많이 먹고 나왔다며 걱정 말라고 했지만, 나는 그녀가 다리를 절고 있음을 한눈에 알아차렸다. 나뭇잎 사이로 내리는 햇빛 속에 그녀의 손이 나비 표본처럼 하얗게 드러났다. 그렇게 숲길을 걷다가 그녀가 나를 보며 말했다.

"학사님에게 전해주세요."

그녀는 눈을 크게 뜨고 숨을 한껏 들이쉬었다. 나는 가슴이 울렁거렸다. 그녀는 두 손을 앞으로 모아 가지런히 깍지를 꼈다.

"이제 찾아오지 말라고 전해주세요. 연락도 하지 말라고. 학사님은 제가 왜 이런 말을 하는지 다 아실 거예요."

직접 그에게 말할 용기가 없어서 나에게 전해달라고 한 그 말은, 그녀의 진심이 아니었다. 그녀에게 있어 그는 이 세상의 모든 신비였고, 게다가 자신에게 시간이 얼마 남지 않았음을 그녀는 잘 알고 있었기 때문이다.

내게 어려운 임무를 맡기며 돌아서는 그녀의 얼굴에는 소리 없는 웃음이 가득했다. 꽃이 막 피는 모습 같기도 하고 마지막으로 지려는 모습 같기도 한 그 웃음은 나의 눈 속에 오래 남았다.

나는 그에게 정말 그녀의 말을 전해야 하는지 알 수 없었고, 전한다고 해서 그가 그녀의 말을 받아들일지도 알 수 없었다. 그녀의 말을 전하는 상상만 해도 내가 그녀가 되기라도 한 듯 가슴이 두근거렸다.

그날 저녁 나는 플로라의 전화를 받았다. 그녀의 목소리는 지구 반대쪽에서 들리는 듯 가늘고 희미했다.

"제 말을 전하셨나요?"

"아닙니다. 아직 전하지 못했습니다."

"아……."

그녀는 다행스럽다는 듯 낮게 소리 내었다. 꺼져가는 등불처럼 흔들리는 그녀의 목소리는 오히려 절대 내가 말을 전해서는 안 된다고 외치는 듯했다.

그날 밤 그녀는 또 한 번 전화를 했다. 그가 군 입대 신체검사를 받으러 간다는 전화를 해왔다고. 결국 그는 부제서품을 유예하는 모라토리엄을 선택한 것이었다.

나는 플로라가 루치아 수녀에게 그를 만나지 않겠다고 약속했다는 사실을 뒤에 그의 일기 속에 들어 있는 그녀의 편지를 통해 알게 되었다.

오, 유스토 학사님.

오늘 플로라는 수녀님에게 약속했습니다. 당신을 다시는 만나지 않겠다고. 수녀님도 내게 말씀하시면서 괴로운지, 울먹거리셨습니다. 수녀님은 크고 영원한 사랑의 길을 가는 분을 자유롭게 해드려야 한다고 하셨습니다. 울지 않으려고 했는데, 나는 수녀님의 무릎에 엎드려 얼마나 울었는지 모릅니다.

부끄러움도 모르고, 수녀님 앞에서 숨을 쉴 수도 없을 만큼 울음이 차올랐습니다. 그럼에도 내 숨이 끊어지지 않은 까닭은 내가 공기로 숨을 쉬는 게 아니라 나를 지켜주는 당신의 눈빛과 그리움으로 숨을 쉬고 있기 때문일 테지요.

그러나 나는 신에게 이렇게 말할 수밖에 없습니다.

하느님, 나는 이 그립고 아찔한 행복마저 고스란히 포기해야 합니까?

그래야만 기적이 찾아올 수 있습니까?

그렇다면 나는 기적을 버리겠습니다.

오, 유스토.

당신을 위하여 살고 싶습니다.

아무런 필요조차 없을지도 모르는 코발트 치료를 다시 시작한 것도 그 때문입니다.

살아 있는 동안에는 희망이 있다고 하셨지요? 그렇겠지요. 또한 희망은 죽음마저 아름답고 풍요롭게 하겠지요.

몸은 깊은 땅속 같지만 나는 당신이 준 성수를 마시고 그것을 통증이 일어나는 몸에도 바르면서 희망을 놓지 않으려 합니다. 그러나 그럴수록 조금씩 줄어드는 저 물처럼 나의 생명도 얼마 남아 있지 않음을 느낍니다.

나는 당신을 떠나보내야 합니다.

그러나 왜, 내가 당신을 떠나보내야 합니까?

우리는 누구의 뜻으로 만났으며 누구의 이름으로 나는 당신을 떠나보내야 합니까?

오, 유스토, 나를 잊어주십시오.

나를 버려주십시오. 우리의 영혼이 완벽하게 같다 할지라도 나는 당신을 떠나보내야 합니다. 그러나 나는 결코 당신을 잊어버릴 수 없습니다. 나는 언제나 당신 곁에 있기 위해, 당신에게 더 가까이 다가가기 위해 걸어가겠습니다. 그러므로 당신은 나를 잊어주십시오.

낯섦
strange

가라, 오라

사랑은 스스로 자기의 이름을 지운다, 사랑은

스스로 너에게 글을 쓴다

— 파울 첼란, 「열두 해」에서

1

서인애의 연락을 받고 나는 급히 고향으로 내려가 그녀의 집인 과수원집을 찾았다. 그녀의 방에 들어서자 나도 모르게 무릎을 꿇었다.

서인애가 말했다.

"아직 시간은 충분해요. 제 일기를 유스토 학사님에게 전해주세요."

침대에 누워 있는 그녀의 눈가로 눈물이 솟아오르더니 뺨으로 굴렀다.

그녀의 긴 속눈썹이 파르르 떨리고 있었다. 과수원의 마른 사과나무 가지를 흔드는 바람이 방 안까지 들어왔다. 나는 꿇어앉은 채 그녀의 영세명을 불렀다.

"플로라……."

눈을 뜨는 그녀의 모습을 보기가 힘들었다. 그녀의 품속에는 보라색 스카프로 싼 일기가 있었다.

"우린 약속했거든요. 서로의 일기를 선물하기로. 기다리고 있을 거여요. 아직 시간은 충분해요."

그녀가 일기를 내 손에 건네주었다. 나는 고개를 끄덕였다. 그녀가 희미하게 웃음을 지었다. 나는 일어서려고 했으나 무릎이 펴지지 않았다.

방문이 열리면서 최바울로 신부와 루치아 수녀가 급히 들어섰다. 그 뒤로 그녀의 가족들도 들어왔다. 나는 그제야 일어섰다. 루치아 수녀가 침대 옆 상 위의 초에 불을 붙였고, 최 신부가 방 안에 성수를 뿌리며 떨리는 목소리로 기도했다.

"이 성수로 이미 부활로 우리를 구원해주신 그리스도를 생각합시다."

그녀의 두 눈에서 쉼 없이 솟아오르던 눈물이 조금씩 그치고 있었다. 고백성사를 받겠느냐고 최 신부가 그녀에게 물었으나 그녀는 대답이 없었다. 그녀의 고개가 조금 왼쪽으로 꺾이고 있었다. 루치아 수녀가 성서의 한 구절을 더듬으며 빠르게 읽었다. 몇 문장은 건너뛰기도 하면서.

"예수께서 가파르나움에 들어가셨을 때에 한 백인대장이 예수께 와서 '주님, 제 하인이…… 병으로 몹시 괴로워하고 있습니다' 하고 사정했다. 예수께서 내가 고쳐주마 하시자…… 백인대장은 '주님, 저는 주님을 제 집에 모실 만한 자격이 없습니다. 그저 한 말씀만 하시면 제 하인이 낫겠습니다……' 하고 대답했다. 이 말을 들으시고 예수께서 감탄하시며 따라오는 사람들에게 '정말 어떤 이스라엘 사람에게서도 이런 믿음을 본 적이 없다'고 말씀하셨다. 그리고 백인대장에게 '가보아라, 내가 믿는 대로 될 것이다'라고 말씀하셨다. 바로 그 시간에 하인의 병이 나았다."

루치아 수녀가 성서 읽기를 마쳤다. 최 신부가 플로라의 두 손에 성유(聖油)를 바르고 기도했다.

"……당신의 자비로우신 사랑과 기름 바르는 이 거룩한 예식으로 성신의 은총을 베푸시어 플로라를 도와주소서. 또한 플로라를 죄에서 해방시키시고 구원해주시며 자비로이 그 병고도 가볍게 해주소서. 우리 구세주여, 성신의 은혜로 플로라의 병을 다스려주시고 그 아픈 데를 낫게 하시며, 그 죄를 사해주시고 그 정신과 육신의 온갖 고통을 없애주시며, 자비를 베푸소서."

최 신부는 움직임이 없는 플로라의 얼굴을 보며 땀을 흘렸다. 바람이 방 안에 서 있는 사람들의 옷자락을 잡아 끌었다. 루치아 수녀가 침대 곁으로 다가서 다시 떨리는 목소리로 성서를 급히 읽었다.

"그러나내살을먹고내피를마시는사람은영원한생명을누릴것이며내가마지막날에그를살릴것이다……내살을먹고내피를마시는사람은내안에서살고나도그안에서산다……살아있는아버지께서나를보내셨고내가아버지의힘으로사는것같이나를먹는사람도나의힘으로살것이다……이빵을먹는사람은영원히살것이다……."

루치아 수녀는 황금빛 영성체함의 뚜껑을 열어서 최 신부 앞으로 가져갔다. 도금한 그것은 촛불 빛을 받아 반짝거렸다. 최 신부가 그 안에서 흰 밀병을 집어 두 손으로 받쳐 올렸다. 영성체 의식이었다.

"보라, 천주의 어린 양, 세상의 죄를 없애시는 분이시니, 이 성찬에 초대받은 이는 복되도다."

그녀의 가족이 응답했다.

"주여, 내 안에 주를 모시기에 합당치 못하오나 한 말씀만 하소서. 내 영혼이 곧 나으리이다."

최 신부가 그녀의 입 앞으로 영성체를 내밀었으나 그녀는 움직이지 않았다. 바람 소리가 지붕 위로 지나갔다. 과수원의 나뭇가지들이 일제히 흔들리는 소리가 들렸다. 루치아 수녀가 밀병을 받아 그녀의 입술 사이에 넣었다. 최 신부가 돌아서서 방 안에 둘러서 있는 사람들에게 밀병을 하나씩 나눠주었다. 나는 그녀의 입속에 그대로 들어 있는 영성체를 보고는 밖으로 나왔다. 마당에 발이 빠질 정도로 눈이 쌓이고 있었다.

김일영이 밤눈을 맞고 서 있었다. 그의 모습은 화가 난 듯 보였다. 그는 주먹을 꽉 쥐고 하늘을 올려다보았다.

나는 서둘러 집을 빠져나오려다 그에게 말을 건넸다.

"눈이 오고 바람도 세찬데 왜 밖에 서 있습니까?"

"겨울밤을 떠나는 영혼은 더 춥지 않겠습니까? 살아 있는 자가 할 수 있는 예의가 이것밖에 더 무엇이 있겠습니까?"

나는 그가 올려다보고 있는 밤하늘을 올려다보았다. 눈보라 저 너머 어딘가에서는 별들이 반짝이고 있을 터였다.

그가 물었다.

"유스토 학사님에게 가십니까?"

"예……."

"내가 그걸 어떻게 아는지 궁금하지 않습니까?"

그의 질문에 뭐라고 대답해야 할지 알 수 없었다. 나는 시계를 보았다. 자정이 가까워져 있었다. 그는 나의 대답을 더 이상 기다리지 않고 이어 말했다.

"말하지 않아도 알 수 있는 게 있으니까요."

그가 손에 들고 있는 랜턴을 켜자 과수원 한쪽이 환해지며 꺼먼 사과나무 둥치와 바람에 거칠게 흔들리는 나뭇가지들이 드러났다.

"겨울 시골길은 한 치 앞도 보이지 않습니다. 큰길까지 바래다드리겠습니다."

그는 랜턴을 비추며 과수원 앞까지 걸어 나갔다. 그곳까지 택시가 들어오게 되어 있었다. 한 발씩 내디딜 때마다 그의 어깨가 심하게 기우뚱거렸다. 그는 나보다 더 심하게 절었다. 마을의 개들이 일제히 짖었다. 그는 택시가 올 때까지 기다려주었다.

마을 입구에서 택시 불빛이 나타나자 그가 말했다.

"유스토 학사님은 잘 견디시겠지요. 그런데 왜 이리 마음이 뒤엉키고 불안한지 모르겠습니다."

나는 택시를 타고 야간열차를 타기 위해 기차역으로 향했다. 어둠 속에서 택시 불빛에 드러나는 가로수와 흰 눈발이 지나가 더니 그 뒤로 '아직 시간은 충분해요' 하는 플로라의 목소리와 파랗게 정맥이 솟은 그녀의 손목이 따라왔다.

그날 나는 그 일기를 받지 말았어야 했다. 그랬다면 바로 그 에게 달려갈 필요도 없었을 테고, 가슴 저 밑바닥에 매몰된 시 간을 간직하지 않아도 되었을 것이다.

그러나 그날 나는 꺼져가는 불꽃 같던 그녀의 마지막 부탁을 거절할 수 없었다. 나를 발견하자 그녀는 안간힘을 다해 눈빛 을 밝히며 불덩이 같은 손으로 일기를 내게 건네주었다.

그녀는 자신이 아직 이 지상에 머물러 있을 때 일기가 한수 명에게 전달되기를 바랐지만, 그날 밤 택시 안에 있던 나는 내 가 그녀의 뜻을 이루어줄 수 있을지 확신할 수 없었다.

야간열차를 타고 가면서 나는 가슴 밑바닥에서 차오르기 시 작하는 알 수 없는 불안감 때문에 자주 자리에서 일어나 객차 사이의 통로에 서서 찬 바람을 맞곤 했다. 그녀의 급한 숨소리 가 귀에 들리는 듯했다.

작년 말에 그녀는 겨울을 넘기지 못한다는 시한부 판정을 받앉지만 이듬해 봄을 지나 겨울까지 생명을 이었기에 다음 봄을 기다렸다. 그러나 결국 그녀에게 다음 봄은 찾아오지 않았다.

내가 기억하고 있는 그녀의 모습은 맑고 깨끗한 눈과 흰 목덜미, 그리고 오른손으로 손차양을 만들어 이마를 가리던 자세였다. 그녀는 늘 희망을 잃지 않았다. 기적을 기다리듯 자신의 뼈를 파괴하는 고통의 시간을 견뎌내었다. 그러나 기적은 찾아오지 않았다.

이렇게 말해도 될지 모르겠지만 기적은 그녀와 그가 이 지상을 떠난 뒤에 찾아오기 위한 것이었을까. 사라져가는 수많은 순간들 속에서 누군가 그들의 모습을 잊지 않는다면…….

나는 밤 열차의 창밖을 보며 그들을 어디서 처음 만났는지 생각했다. 나는 그들의 만남을 어쩔 수 없이 지켜보면서 차라리 그들이 만나지 않았더라면 좋았을 거라는 생각도 했었다. 서인애는 한수명을 자유롭게 해주고 싶어 하면서도 자신의 존재 자체를 그에게 기울였다. 그가 없는 한순간도 그녀에게는 무의미했다.

그들은 문득 푸념하기도 했다. "불치병 여자와 신학생의 사랑이라니"라고.

하지만 그가 플로라의 생명을 지키기 위해 신부의 길을 택했던 그녀를 향한 사랑은 그 후로도 변함이 없었다. 따라서 그 후 그가 자신의 결단의 이유가 옳은가 아닌가라고 스스로에게 던졌던 질문은 사실 의미가 없었다.

나는 기차에서 내려 그녀의 일기가 든 배낭의 멜빵을 오른손으로 말아 쥐고 왼손으로 외투 깃을 세운 후, 택시를 잡아탔다. 시외버스 터미널로 향하는 길은 미끄러웠고, 광고지와 찢어진 신문지들이 회오리바람 속에서 빙글빙글 돌았다. 시외버스 터미널에 닿을 때까지 줄곧 창밖을 내다보았다. 어깨를 움츠린 이들이 지하도에서 새어 나왔고 그들은 메마른 강줄기처럼 어디론가 흘러갔다.

시외버스 터미널에 도착하자 휴가 나온 군인들이 대합실을 서성거리고 있었다. 서울은 영하 15도로 내려간 그해 가장 추운 날씨였다. 직행버스에 앉아서도 내 머릿속에는 유리창을 스치는 풍경보다 더 많은 풍경들이 지나갔다.

버스는 동북쪽으로 달렸다. 버스가 산굽이를 돌아 나가면 눈을 무겁게 인 소나무들이 나타났다. 추수가 끝난 논 위에 놓여진 경운기도 보였고, 무너진 비닐하우스도 보였다. 숲은 삭막

하고 황량했다. 새 떼가 버스와는 반대 방향으로 날아갔다. 잠시 후 해가 떠오르자 눈이 쌓인 벌판이 환해졌다.

제설차가 길 한쪽으로 눈 더미를 밀어내고 있었다. 나는 직행버스에서 내려 완행버스로 갈아타고 그가 근무하는 부대로 향했다. 길바닥에서 눈가루가 일어났다.

부대 위병소에 도착해 면회 신청을 하고 그를 기다렸다. 그동안 그가 있는 곳까지 오면서 스쳐 지나간 산과 강과 철교와 엎드린 집들과 산길을 떠올렸다.

그렇게 위병소 나무 의자에 앉아 그를 기다리던 나는, 갑자기 이유를 알 수 없는 불안감에 사로잡혔다. 그에게 꼭 무슨 일이 일어날 것만 같았다. 그런 생각에 빠져 있는 사이 그가 내 앞에 그림자처럼 서 있었다. 벌떡 일어나 그에게 플로라의 일기를 건네주었다.

그는 그 일기를 받으며 말했다.

"역시 너는 우리의 증인이구나. 아직 시간은 충분해."

그러고는 그는 겨드랑이에 낀 서류 봉투를 내게 건네주었다. 그 봉투 안에 보라색 스카프로 싼 그의 일기가 들어 있다는 것을 그때는 몰랐다. 내가 전해준 그녀의 일기도 보라색 스카프에 싸여 있었다.

그는 내가 무슨 말을 꺼내기도 전에 돌아서서 부대 안쪽을 향해 뛰어갔다. 내가 말할 틈은 조금도 주지 않고. 그가 부대 안으로 사라지고 나서야 나는 서류 봉투 안에 있는, 보라색 스카프에 싸인 그의 일기를 발견했다. 그날은 12월 25일, 성탄절이었다. 나는 그에게 아무 말도 하지 못했고 돌아서는 그의 이름을 부르지도 못했다.

오직 그녀의 일기를 전해주겠다는 일념으로 달려왔던 나는, 그날이 그를 마지막으로 보는 날일 줄은 예상하지 못했다. 위병소를 나서니 다시 눈이 내리고 있었다. 눈은 조금씩 눈보라로 바뀌고 있었다.

2

암스테르담에서 귀국한 다음 날, 나는 출근해서 보스에게 출장 보고서를 제출했다. 보스는 보고서를 빠르게 읽어보고는 내게 건조한 목소리로 말했다.

"역시 미스터 강은 빈틈없이 일을 처리했군. 그가 자네에게 무슨 말을 하지 않던가?"

나는 보스의 집무실 창밖에 있는 한강을 내려다보며 조금 망설이다가 말했다.

"강 선배는 보스가 강 선배의 후임으로 저를 암스테르담으로 파견할 거라고 했습니다."

"그렇네. 준비 기간은 한 달 정도면 충분하겠지? 현지 숙소는 미스터 강이 마련해줄 걸세. 자네는 미스터 강 못지않게 잘해 낼 거야. 나나 미스터 강보다 나이는 어리지만 자네의 경험과 능력은 우리보다 못할 게 없지. 게다가 젊음의 패기도 있고."

보스는 그 말끝에 금융의 변동은 항상 되풀이된다는 이치를 잊지 말라고 했다. 오르는 것은 언젠가 내리고, 내리는 것은 언젠가 오른다는 것, 그것은 보스가 주장하는 이른바 금융 윤회설이었다.

보스의 판단에 따라 작게는 수백억에서 크게는 수천억까지 오일 선물시장과 달러/유로 시장, 그리고 유럽과 동남아의 증권시장에 투자하는 울프의 최고 고객은, 뜻밖에도 재벌이 아니라 종교계였다. 종교계 조직은 조 단위의 금액을 울프에게 맡졌다. 그래서인지 보스는 한국 최고 재벌은 삼성그룹이 아니고 종교계라고 말하곤 했다. 불확실성마저 예측할 수 없는 시대에 가장 부가가치가 높은 원료는 '구원'이며, 그것의 원가는 돈이 전혀 들지 않지만 그 생산품은 무한한 비용을 거둬들인다고 하면서. 종교 투자업은 노조의 파업도 없고 세무조사도 없는 완벽한 수익 구조를 가지고 있다는 게 보스의 판단이었다.

"라이크스증권을 인수함으로써 우리는 유럽 지역에 교두보를 마련했네. 게다가 우리는 다른 투자사와는 달라. 격조와 전통을 겸비했으니까. 자네 실적에 따르는 스톡옵션 계약도 자네가 떠나기 전에 협상할 계획이네. 아, 그리고 말이네. 미레에게서 인형을 잘 받았다고 연락이 왔더군. 자네가 우체부 노릇을 충실히 한 모양이더군. 자네가 현지 업무에 익숙해질 동안 미스터 강이 도와줄 거야. 그런데 그가 어디로 간다는 말은 하지 않았나?"

"다른 자리로 옮긴다는 말은 없었습니다. 지금까지 해온 일과는 전혀 상관없는 곳으로 갈 거 같다는 생각이 들었습니다. 물론 이건 제 판단입니다."

"다행이군, 미스터 강이 자네와는 계속 연락이 되겠지."

보스의 파격적인 제안은 나에게 대단한 행운이었지만 이상하게도 전혀 즐겁지 않았다. 내가 자신의 후임으로 파견될 거라고 강 선배가 미리 이야기했기 때문인지도 모르지만.

"자넨 결혼도 하지 않았으니 이삿짐 비용도 체류비도 별로 들지 않겠군. 여기서 정리할 수 있는 물건은 최대한 버리고 가게나. 나는 매일 물건을 내다 버린다네. 지난 물건들을 가지고 있으면 새로운 물건이 들어올 자리가 없어. 기억도 마찬가지야. 될 수 있으면 새처럼 가볍게 날아가게나. 새로운 아이디어도 그와 같아. 과거의 생각에 머물면 새로운 생각은 자신을 외면하지. 찾아오지도 않네. 우리는 모든 현실을 그래프로 파악하니까, 무거운 것들은 미련 없이 다 버리고 가게."

보스의 말을 듣는 순간 나는 그의 일기가 가장 먼저 떠올랐다. 보스의 생각을 판단 기준으로 삼는다면 가장 먼저 버려야 하는 물건은 그의 일기였다.

"알겠습니다. 숫자 외에는 가지고 있는 짐이 거의 없어서 버릴 것도 별로 없습니다."

"좋군. 나도 정확하게 적임자를 선발했다고 판단하네. 고향의 부모님에게도 갔다 와야 할 테니 준비할 시간을 좀 더 주겠네. 5월 1일로 현지 출근 날짜를 잡으면 대충 한 달 보름 정도의 여유가 있네. 자네가 출장 가 있는 동안 자네 업무는 새로운 팀이 구성되어 맡았으니 그건 신경 쓸 거 없어."

보스의 말은 늘 짧았고 그 안에는 어떤 감정도 없었다. 감정 표출은 보스에게는 범죄이며 죄악이었다. 또한 보스는 남의 사적인 일에도 별로 관심이 없었다.

나는 일찍 퇴근해서 정리할 것도 없는 짐 가운데 버릴 것들이 있는지 찾아보았다. 그러다가 전날 밤에 찾아 책상 위에 둔, 김일영의 연락처가 적힌 쪽지를 발견했다. 김일영을 특별히 기억하는 이유는 루치아 수녀 때문이었다.

내가 그에게 그녀의 일기를 전하고 돌아온 뒤, 루치아 수녀는 프란치스코 씨가 밥도 먹지 않고 잠도 자지 않아서 정신병원에 입원했다면서 그를 한번 찾아가봐달라고 부탁했다. 그와 몇 번 본 적도 없는 사이고 그때는 한참 유학 준비를 할 때라 썩 내키지 않았지만, 부탁이 워낙 간곡해서 뿌리칠 수가 없었다.

그때 루치아 수녀는 이렇게 부탁했다.

"유스토 학사님의 친한 친구이셨던 허인수 씨 말고는 프란치스코 씨를 찾아갈 사람이 아무도 없어요. 신부님과 제가 찾아갔을 때, 프란치스코 씨는 입을 다물고 아무 말도 하지 않았어요. 매우 힘들 거예요. 박사 학위논문도 써야 하는데 너무 마음이 아프군요."

수녀가 그렇게 간곡하게 부탁하는 배경에 나도 그처럼 절름발이라는 사실이 있다는 생각이 들었기에, 그를 찾아갈 수밖에 없었다.

그는 나를 보더니 내 손을 으스러지도록 잡으면서 말했다.

"우리, 유스토 학사님과 플로라를 위해 기도합시다."

그의 숙인 목덜미에 때가 까맣게 묻어 있었다. 그때 갑자기 내 손등 위로 그의 눈물이 떨어졌다. 나는 당황스러워 손을 빼고 싶었지만, 내 손을 잡고 있는 그의 완력을 이길 수 없었다. 그는 입속으로 무슨 말인가를 웅얼거렸지만 나는 알아들을 수 없었다.

그의 기도가 끝나자 나는 그에게 의례적으로 말했다.

"빨리 나아야지요. 밥도 먹고 잠도 자야지요. 수녀님이 학위논문도 써야 하는 당신이 제대로 못 지낸다고 걱정을 많이 하십니다."

그는 내 말에 아무런 대답도 없이 고개를 숙였다가, 갑자기 이렇게 말했다.

"우리 기도합시다. 죽음을 피할 수 없는 모든 인간을 위해서, 기도합시다. 죄인을 용서하시며 인류의 구원을 기뻐하시는 천주여, 주의 자비를 간구하는 우리의 기도를 들으시고 또한 이미 이 세상을 하직한 두 사람의 영혼으로 하여금 영원한 행복을 누리게 하소서."

나의 오른손이 그의 왼쪽 가슴에 닿았다. 그의 가슴이 새처럼 팔딱거렸다. 그는 내 손을 놓으려 하지 않았다. 그는 나의 얼굴을 뚫어져라 쳐다보았다. 갈라진 입술에는 피가 맺혀 있었다. 잠을 자지 못해 눈에는 핏발이 서 있었고 얼굴은 핼쑥했다.

병실에는 그와 나 둘밖에 없는데도 그는 주위를 조심스럽게 둘러보고는 눈을 반짝이며 누가 듣기라도 하듯 입을 가리고 말했다.

"고백합니다. 사실은 플로라의 방에서 가족들의 울음소리와 성가 소리가 새어 나오고 있을 때, 마루에 있는 전화가 계속 울리더군요. 그래서 내가 받았습니다. 유스토 학사님이더군요. 학사님은 플로라를 바꿔달라고 했지요. 뭐라고 대답해야 할지 몰라 당황하다가, 이제 영원히 플로라의 목소리를 들을 수 없

142

다고 했습니다. 그리고 당신의 친구가 플로라의 일기를 전해주기 위해 당신에게 갈 거라는 말도 했습니다. 왜 그런 말을 전화로 털어놓고 말았는지 처음엔 나도 모르겠더군요. 잠음이 많은 수화기에서 바람 소리까지 들리더니 전화가 툭 끊어지더군요."

잠시 후 그는 이마를 댈 듯 내 얼굴에 바짝 다가서며 다시 말했다.

"내가 왜 그렇게 말했겠습니까? 분노가 솟아올랐기 때문입니다. 그게 어떤 분노인지 당신이 대답해줄 수 있습니다."

그가 왜 그걸 내가 대답해줄 수 있다고 확신하는지 몰라서, 나는 조금 겁이 났다. 나는 그에게 잡힌 손을 빼내려 했으나 그는 나의 손을 완강하게 잡고 놓지 않았다.

"내가 무슨 대답을 할 수 있겠습니까?"

나는 그렇게 말할 수밖에 없었다. 그의 눈이 힘없이 풀어졌지만 나의 손을 놓지는 않았다. 그는 겨울나무 가지처럼 다리를 떨고 있었다. 떨고 있는 그의 다리를 보자 나는 그의 얼굴을 가만히 안았다. 그는 내 손을 슬며시 놓으며 또다시 기도하자고 말했다. 그의 입에서 침이 흘러내리고 있었다.

"자, 우리 언제나 기도합시다. 우리 죄를 용서하시며, 우리를 지옥 불에서 구하시고 연옥 영혼을 돌보시며 가장 버림받은 영혼을 돌보소서⋯⋯."

나는 병원을 나왔다. 그 뒤 그에게서 퇴원하고 여론조사 기관에 취직했다는 연락이 왔고, 나는 달아나듯 유학길에 올랐다.

3

'당신이 대답해줄 수 있다'는 김일영의 목소리를 나는 곧 잊어버렸다. 어쩌면 나는 그 목소리를 포함해 한수명과 관련된 기억은 모두 잊고 싶어서 서둘러 유학길에 올랐는지도 모른다.

울프에 스카우트되어 다시 서울로 돌아왔을 때 직장으로 걸려온 김일영의 전화를 받은 적이 있다. 보스의 지시로 생명보험사 하나를 인수하는 중계 업무에 매달려 있을 때였다. 그가 김일영, 프란치스코라고 하자 한참 만에야 그를 기억해냈다. 그는 미국 비즈니스 스쿨출신의 금융 전문가를 취재한 기사에서 내 사진을 보고 직장을 알았다고 했다. 나는 그의 연락처를 쪽지에 적고는 바쁜 일이 끝나면 전화하겠다고 한 뒤로 그를 까맣게 잊었다.

나는 쪽지에 적힌 그의 전화번호를 눌렀다. 다행히 전화기 저쪽에서 그의 목소리가 들렸다. 그의 목소리는 힘이 없었고 어딘가 아픈 듯했다.

허인수라는 이름을 대자 그는 바로 나를 기억해냈다. 그는 여전히 동인천 근처에서 방 열 개짜리 싸구려 여인숙을 하고 있다고 했다. 내가 한번 만났으면 한다고 하자 위치를 가르쳐 주었다. 그는 골목을 찾기 어려우니 동인천역 1번 출구까지 나오겠다고 했다.

지하철역에 내려 1번 출구로 나와서 우두커니 서 있는 동안, 잊어버렸던 그의 말이 다시 생각났다. 그는 왜 내가 그 대답을 할 수 있다고 말했을까. 그가 역사 왼쪽의 어둠 속에서 나타나 오른손을 왼쪽 가슴에 대고 천천히 걸어왔다. 우리는 오랜 친구처럼 악수를 했다.

"우리 집으로 갑시다. 누추하지만 저녁을 해놓았습니다. 결혼해서 딸이 하나 있습니다."

"아, 축하합니다."

"결혼은 하셨겠지요?"

"그냥 일에 파묻혀 살 뿐이지요."

"저는 혼인신고만 하고 결혼식은 올리지 않고 그냥 살고 있습니다."

무슨 이유인지 알 수 없었지만 그의 말에 얼굴이 확 달아올랐다. 나는 그의 옆을 따라 걸었다. 그는 전보다 훨씬 더 심하게 다리를 절고 있었다.

"살다 보니 아이가 생기고 그래서 같이 살았지요. 그때 인수 씨에게 전화한 까닭은 다름 아니라 딸아이 돌잔치에 초대하고 싶어서였습니다. 딸의 영세명을 플로라로 정하고 나니, 불현듯 그 시절 사람들이 생각났습니다. 바로 그때 마침 미국 명문 대학 비즈니스 스쿨 출신의 금융 전문가들을 다룬 신문 기사에서 허인수 씨를 발견하고 연락을 드린 거지요."

"그렇군요."

그는 횡단보도를 두 개 건너서 골목길로 접어들었다. 나는 왠지 미안한 기분이 들었다. 슈퍼마켓에서 종합 선물 세트를 샀다. 긴 골목길을 꺾어 들어가자 막다른 골목길이 나왔고 그 끝에 삼층짜리 여인숙이 있었다. 출입구에는 '석적여인숙'이라는 형광등 간판이 달려 있었다.

"석적여인숙이라는 이름은 내가 붙였습니다. 석적은 내 유년 시절과 젊은 날들을 고스란히 간직한 곳이니까요."

나는 그의 여인숙 안으로 들어가 수더분해 보이는 그의 아내와 인사를 했고 그의 딸에게 선물 상자를 안겨주었다. 그는 내가 갑자기 찾아온 용건을 묻지 않았다. 저녁상을 물리고 나자 그가 말했다.

"시간이 지나고 나면 갑자기 옛일이 생각나고 사람이 그리워지기도 하지요."

나는 방 안을 둘러보았다. 작은 장롱과 경대, 진공관 티브이가 한 대 놓여 있었다. 경대 위에는 딸의 돌 사진이 들어 있는 액자가 놓여 있었다. 그가 여인숙을 한다는 게 새삼 뜻밖으로 느껴져서, 어떻게 여인숙을 하게 되었는지 묻고 싶었다. 그것은 단순한 호기심이 아니라 역 앞에서 그를 만나 그의 가족이 사는 방으로 들어와 앉으면서 가슴 밑바닥에 고이기 시작한 아주 작고 낮은 슬픔 때문이었다.

그는 내 생각을 짐작이라도 하는 듯 그간의 일을 알려주었다.

"정신병원에서 나온 뒤 다시 공부를 했습니다. 학위도 받았지만 이제는 추억으로 돌려야지요. 여인숙을 하는 게 이상하게 보이겠지요. 나도 이렇게 살아가리라고는 미처 몰랐습니다. 여긴 방이 열 개 있습니다. 하루 손님은 받지 않고 한 달 월세를 줍니다. 일용직 노동자들이지요. 요즘은 다들 벌이가 신통찮아서 방이 다 나가지를 않습니다. 생활이 자꾸 어려워져서 날이 풀리고 다시 봄이 오면 어디 생산 공장에라도 나갈까 싶습니다. 사람은 어떻게라도 살아갈 수 있겠지요."

나는 봄을 기다리고 있다는 그의 얼굴을 찬찬히 살펴보았다. 눈빛이 불안정해 보였다. 그는 역 앞으로 나를 만나러 나오면서부터 밥을 먹을 때를 빼고는 줄곧 오른손을 왼쪽 가슴에 대고 있었다. 십 년 가까운 시간 동안 그는 삶에 완전히 지친 듯한 모습으로 변해 있었다. 한수명을 통해서 알게 된 그를 몇 번 만난 적도 없었지만 그런 그를 보고 있으니 마음이 아릿아릿하게 저려왔다.

그는 가끔씩 오른손으로 왼쪽 가슴을 문지르며 천천히 말했다. "그 일 이후로 하루하루가 내게 힘이 들었습니다. 몸도 성치 않고 정신도 성치 못하고. 그럴수록 사는 일이 소중해졌지요. 나는 어려서 아버지와 헤어져 살았습니다. 어머니의 고향인 시

148

골에서 살았지요. 그때 성당에서 교리교사 청년회장을 하면서 최 신부를 만났습니다. 최 신부가 사목하는 곳이면 어디든 가서 일을 도왔습니다. 오래 아버지를 증오해왔지요. 그런데 정신이 달아나기 시작하면서 미워했던 일들이 이해가 되었습니다. 이 여인숙은 아버지의 것입니다. 아버지가 처음으로 내게 준 흔적이지요."

"몸이 아픈 데는 없는가요?"

"얼마 전 한 달 가까이 병원에 있다가 나왔습니다. 정신이 나가면 내가 무슨 말을 하고 무슨 행동을 하는지 기억은 하는데 스스로 행동을 조절할 수가 없어요. 조울증이라고 했습니다. 그리고 가슴이 내내 아픕니다. 공부도 그만둔 지 오래되었습니다."

그는 자신의 가슴을 가만히 내려다보았다. 그러다가 마치 손이 시린 듯 점퍼 안으로 손을 감추며 내게 물었다.

"그때 기억나십니까? 정신병원에 있는 나를 찾아오지 않았습니까?"

"그렇지요……."

"그 무렵부터 심장이 아프기 시작했습니다. 검사상에서는 아무런 이상도 발견되지 않았지만 통증은 이후로도 계속되었고,

벌판에 가슴 하나만 댕그라니 남아 있는 듯한 감각도 들었어요. 그 뒤로 손을 가슴에 대고 있어야만 가슴도 덜 저리고 손도 떨리지 않습니다."

나는 망설이다가 그때 왜 내가 대답할 수 있다고 말했는지 물었다. 그는 얼굴을 숙이고 한참 생각하더니 '정신이 나갔을 때라서 기억이 나지 않는다'고 대답했다.

"정말 생각이 나지 않습니다. 그때는 확실한 이유가 있었겠지요. 지금은 거의 다 사라졌어요. 그때 그런 일들이 있었다는 것은 알겠는데, 그들이 떠난 뒤 나는 죄책감에 사로잡혀 있었습니다. 비교하면 나는 참으로 무능한 인간이었다고. 이제는 검은 순간들만 남아 있습니다."

"죄책감을 가지지 않아도 됩니다. 비교하지 마십시오. 어떤 운명이었겠지요."

"아니, 그렇지 않습니다."

그가 고개를 숙였다가 들었다. 나는 그의 얼굴을 정면으로 보았다. 얼굴은 창백했고 입술에는 푸른 기운이 돌고 있었다. 그가 최 신부는 아프리카의 개척 교구로 갔고 루치아 수녀는 봉쇄수도원으로 갔다는 소식을 전해주었다. 나는 루치아 수녀가 봉쇄수도원으로 갔다는 소식이 마음에 걸렸다. 봉쇄수도원에 들어가는 수도자는 일생 그 수도원 안에서 기도와 묵상, 그리고 자급자족의 노동으로 생활한다고 그가 설명했다. 그는 루치아 수녀가 간 수도원은 사막의 동굴에서 기도와 묵상을 하던 초기 교회의 전통을 이어받은 곳이라고 들었다고 했다.

"왜 루치아 수녀님이 그곳으로 가셨습니까?"

"가장 큰 이유는 부르심 때문이었겠지요. 그러나 수녀님의 상처도 컸을 것입니다."

"어떤 상처인가요……."

"상처에 종류가 있겠습니까? 다만 수녀님은 두 사람의 사랑을 알고 나서 그로 인한 불행을 막아보려 애쓰시다가 받은 상처도 있으셨을 겁니다.

그러나 학사님이 갑자기 군 입대를 결정한 배경에는 수녀님의 권유만 있었던 것은 아닐 겁니다. 수녀님은 좀 더 멀리 떨어져서 생각해보라는 뜻이었겠지만, 어쩌면 학사님이 스스로를 유폐하고 싶었을지도 모르지요."

그는 그렇게 말하고는 고개를 흔들었다.

나는 가슴이 따가웠다.

"루치아 수녀님의 연락처는 알고 있습니까?"

"어떤 봉쇄수도원에 계시는지는 모릅니다. 나는 그곳에서 너무 멀리 떠나버렸습니다. 교리교사였고 청년회 회장이었는데 말이지요. 나는 청년회 회원들과 함께 플로라를 데리고 겨울 산을 오르기도 했습니다. 그때 플로라는 놀라운 인내심을 발휘해서 정상에 올랐습니다. 그때 학사님은 수도원에 들어가 있었습니다.

나는 정상에 서서 플로라에게 학사님이 영적인 긴장을 하고 있다고 전해주었습니다. 경계선상에 서 있다는 뜻이었지요. 생각나는군요. 하느님을 향한 존재는 모든 고통을 초월해 존재한다는 말도 했지요. 입에 침을 튀겨가면서요. 왜 그랬는지. 정상에 오른 플로라는 학사님이 준 기적의 성수가 자신을 회복시키고 있다는 기대를 가지고 있었습니다."

그의 눈빛이 아련해졌다. 나는 그가 플로라를 좋아했다는 느낌이 들었다. 딸의 영세명을 플로라로 지은 것도 그런 생각을 들게 했다.

나는 혼잣말처럼 물었다.

"플로라를 좋아했군요……."

그는 아무 대답도 하지 않았다.

옆방에서 술에 취한 사람의 고함 소리와 여자의 앙칼진 욕설이 들렸다. 둘이서 싸우는 모양이었다.

나는 일어서며 말했다.

"한 번은 루치아 수녀님을 만나야 할 것 같습니다. 5월이 오면 해외 근무를 오래 하게 될 겁니다. 혹시 연락처를 알게 되시면 알려주십시오. 기다리겠습니다."

나는 그에게 그렇게 말하고 내 휴대전화 번호를 적어주었다.

그는 루치아 수녀의 연락처를 알고 싶었다면 전화로 물어볼 수도 있었는데 왜 직접 자신을 찾아왔냐는 질문은 하지 않았다. 만약 그가 그렇게 물었다면 나는 어떻게 대답해야 할지 몰랐을 것이다. 한수명의 일기 때문이라고 대답할 수는 없었다. 그가 여전히 한수명과 플로라의 일로 힘들어하고 있었기 때문이었다.

바닥
down

당신은 나의 죽음이었다

모든 것이 나로부터 작별하는 동안

나는 당신을 가질 수 있었다

— 파울 첼란, 「당신은 나의 죽음이었다」

1

한수명이 내가 건네주는 플로라의 일기를 받고 부대 안으로 뛰어가버리자 나는 연대 본부 위병소를 걸어 나와 300여 미터 떨어진 상가 쪽으로 걸어갔다. 여관이 보였다. 해는 남아 있었지만 길이 얼어붙었고 바람은 물어뜯을 듯이 몸에 감겨왔다. 나는 정말 그와 이야기를 하고 싶었다. 그녀의 마지막이 어떠했는지, 그리고 그가 플로라의 죽음을 어떻게 극복해야 하는지에 대해서도 이야기하고 싶었다. 그래서 나는 눈앞에 보이는 여관에서 하루를 묵은 뒤 다음 날 아침 다시 면회 신청을 하기로 결심했다.

막상 여관방에 들어서자 그로부터 밤늦도록 나는 잠을 이룰수가 없었다. 서류 봉투 안에 들어 있는 것이 그의 일기임을 확인했기 때문이기도 했고, 정체를 알 수 없는 불안감 때문이기도 했다.

군불이 뜨겁게 지펴진 온돌방에 누웠지만 정체를 알 수 없는 그 불안감은 점점 더 커졌다. 그것은 그녀의 일기를 받고 차를 타고 오면서 이어지던 불안감과 맞닿아 있었다. 방문이 덜컹거렸다. 바람 소리가 너무 컸다. 방문이 제대로 안 닫혔나 싶어 몇 번이나 열었다가 다시 닫고 손바닥만 한 창문도 거듭 확인했다.

주인 여자가 방문을 두드렸다. 나는 엉거주춤하니 일어섰다. 주인 여자는 절룩이는 내 다리를 슬쩍 훔쳐보며 혹시 여자가 필요하면 불러주겠다고 말했다. 여기는 도시보다 싸다는 말까지 덧붙였다. 더 이상 흘러갈 때가 없어 군부대 산골까지 흘러왔지만 그래도 쓸 만하다고 했다. 나는 고개를 흔들며 '아, 차라리 그럴 수 있다면' 하는 생각이 들었다.

이불을 뒤집어쓰고 잠을 청했다. 나는 내일 그를 만나면 어떻게 그녀의 소식을 전해야 할지를 곰곰이 생각했다. 평화롭게 떠났다고 말하고 싶었다. 자정이 지났다. 하루 종일 차를 타고 오느라 피곤했지만 나는 내내 뒤척거렸다. 그때 나는 한 발의 자동소총 소리를 들었다. 부대 쪽에서 날아온 소리였다. 바람을 가르고 단숨에 내 귀에 꽂힌 총소리에 숨이 막혔다. 나는 벌떡 일어났다. 총알이 뚫고 지난 것처럼 가슴에서 통증이 일었다. 나는 밖으로 나와 부대 쪽을 보았지만 어떤 일이 일어났는지는 알 수 없었다. 깜깜한 어둠 건너에 있는 초소의 불빛과 빠르게 움직이는 랜턴 불빛만 볼 수 있었다. 야간 사격 훈련이 있었다면 총성이 한 번밖에 나지는 않았을 것이다. 혹시 근무자가 총기를 잘못 다루어 오발 사고를 냈을 수도 있었다.

나는 주인집 방문을 두드렸다.

주인 여자가 색시가 필요하냐고 물었다. 나는 방금 총소리를 듣지 못했느냐고 물었다. 주인 여자는 대수롭잖은 듯 가끔 총소리가 들린다며 별것 아니니 신경 쓰지 말라고 하고는 괜찮은 색시가 있다고 거듭 말했다.

나는 내가 묵는 방으로 돌아왔으나 방금 들은 총소리로 인한 불안감은 점점 커져갔다. 그가 극단적인 선택을 할 리가 없다고 생각했지만 방 안을 빙빙 돌다가 주먹을 꽉 쥔 채 벽에 이마를 대고 섰다. 그러다 그가 내게 준 서류 봉투에 눈길이 머물렀다. 나는 서류 봉투 안에 들어 있는 일기를 꺼냈다. 그가 왜 내게 그의 일기를 전했는지 나는 알 수 없었다. 그의 말대로 내가 그들의 사랑을 증거하는 목격자였기 때문일까.

2

그의 일기에는 그녀가 그에게 보낸 편지가 날짜 순서대로 차곡차곡 철해져 있었다. 나는 손이 자꾸 떨려서 빨리 넘기지 못했다.

나는 그의 일기를 건너 뛰어가듯 읽었다. 총소리를 들었을 때 느꼈던 충격과 불안함을 주는 기록은 보이지 않았다. 신학과 철학에 대한 사색의 글을 보자 나는 조금 마음이 놓였다. 갑자기 나는 노트 맨 뒤를 찾아보았다. 그의 마지막 기록을 읽는 순간 가슴이 훅 막혔다. 마지막 장에는 그가 한 글자 한 글자씩 눌러쓴 기록이 있었다.

나는 가장 버림받은 곳으로 간다.

플로라, 너는 가장 아름다운 곳으로 가서 나를 불러다오.

네가 나를 데리러 와다오.

그가 있는 곳으로 오기까지 휩싸였던 불안감의 정체와 한 발의 총소리가 무엇을 의미하는지 점점 구체적으로 다가왔다. 그

러나 나는 그것을 인정할 수는 없었다. 어떻게 인정할 수 있겠
는가. 주인 여자가 총소리는 부대 근처에서 흔하게 들린다고
하지 않았는가. 나는 불안감의 정체를 인정하지 않으려 했지만
그 정체는 내 속에서 더 커져가기만 했다. 나는 날이 밝기를 기
다렸다. 위병소 문을 돌아서서 달려가던 그의 뒷모습이 커다랗
게 다가왔다.

안 돼!

나는 고함을 치고 싶었다.

그 겨울밤은 너무 길었다.

떨리기 시작하는 가슴을 주체할 수 없었다. 나는 그 불안감
을 부정하는 어떤 실마리를 그의 일기 속에서 찾고 싶었다. 아
침이 오기를 기다리며 나는 그의 일기를 한 장씩 읽어나갔고
결국 밤을 꼬박 새웠다. 그의 일기는 플로라와의 사랑에 대한
간절함과 절박함, 불안과 회의, 신에 대한 기도, 기도의 응답 없
음에 대한 막막함으로 이루어져 있었다. 그의 일기 속에는 내
가 그들과 함께 있었던 날에 대한 기록도 있었다. 날짜가 없는
기록이 더 많았다.

하느님.

저의 기도를 들어주십시오.

플로라는 꿈 많은 여고생이었을 때부터 뼈에 번지는 암세포와 싸우며 견디어왔습니다. 통증이 깊을수록 그녀의 영혼은 아름다웠습니다. 이 세상에서 저 어린 양이 지고 가는 고통을 그만 멈추게 해주십시오. 당신은 모르는 일이 없고 할 수 없는 일이 없습니다. 당신은 어디서나 존재하십니다. 저는 당신의 품 안에서 많이 행복했으니 저의 시간이 필요하시면 가져가시고 저를 도구로 써서 저 어린 양을 육신의 고통으로부터 구해주십시오.

플로라, 루치아 수녀님이 검은 수단을 소포로 보내주셨다. 내가 후에 신부가 되어 영성체를 나누어줄 때 입어야 할 수단이다. 수녀님은 군 복무 동안 이 수단이 나를 지켜줄 것이라고 하셨다. 나는 수단을 입어보았다. 수단의 상징은 무엇일까, 왈칵 눈물이 쏟아졌다. 그러나 너의 말처럼 우리는 다 울지는 말아야 한다.

플로라, 너의 생명을 구할 수 있다면 악마에게 나의 영혼을 팔겠다. 기적은 오지 않는다. 너는 우리가 그것을 받아들일 준비를 해야 한다고 말했다. 두렵다. 나의 생애를 바쳐 너를 구할 수 있는 길이 없는가. 나는 무능한 기도를 쉼 없이 하고 있다.

플로라, 너를 사랑한다면 너로부터 자유로워져야 한다는 편지를 받고 나는 일생 부치지 못할 편지를 쓸 것이다. 자유로워져야 한다는 건 네가 보이지 않는 곳으로 눈을 돌리란 말인가. 그러나 내가 눈을 둔 모든 곳에 너는 서 있다. 꿈속에서 불같이 뜨거운 네 손을 잡았다.

플로라, 군 입대를 결정한 뒤 망설임 끝에 너에게 기울고 있는 나의 영육에 대하여 최바울로 신부님께 고백했다. 신부님은 나의 어깨를 두드리시며 하느님 안에서 가장 정직하게 나의 문제를 지고 가라고 말씀하셨다. 소유가 아닌 존재의 신비를 추구하라고.

플로라, 밤마다 너는 손을 흔들며 내게서 달아난다. 아무리 불러도 돌아서지 않는다. 동부전선의 낯선 하늘과 나무, 밤과 낮의 모든 움직임마다 너의 얼굴이 보이고 너의 영혼 속에 둘러싸여 숨을 쉰다. 전화기 속에서 너의 목소리를 듣는다. 대답조차 하기 힘든 음성과 기관지에 가득 찬 기침 소리마저 우리의 살아 있는 꿈이다. 오 하느님, 어디 계십니까? 우리에게 작별의 키스는 없습니다.

그의 일기를 계속 읽어가니 마지막 장을 읽었을 때보다 조금 씩 마음이 가라앉았다. 주인집 여자가 싸고 괜찮은 여자가 있 다며 또 문을 두들겼고 나는 "다음에요"라고 대답했다. 여자가 혀를 차며 혼잣말처럼 "다음이 언제야?" 하고 짜증을 내는 소 리가 들렸다. 신발을 끄는 소리가 멀어졌다. 나는 일어나서 찬 물에 낯을 씻었고 덜컹거리는 창문에 신문지를 끼워 넣고는 벽 에 등을 기대고 다시 그의 일기 속으로 들어갔다. 거기에는 그 가 플로라에게 보내는 루이 아라공의 시도 있었다.

아무것도 인간에게 확실한 것은 없다
그의 힘도 그의 약점도, 그의 마음도
그리고 그가 두 팔을 벌렸다고 생각할 때
그 그림자는 십자가의 그림자
행복을 끌어안았다고 생각할 때
그는 행복을 으스러뜨리고 있었던 것을,

그의 삶은 이상하고 고통스러운 결별인 것을,

행복한 사랑은 없다

인생, 그것은 무기 없는 병사들을 닮았다

다른 운명을 위해 옷을 입힌 병사들을,

그들이 아침에 일어난들 무엇하리

저녁이면 할 일도 확신도 없는 그 모습

다시 볼 것을…… 그렇게 말하라

나의 생이여 그리고 눈물을 참아라

내 아름다운 사랑, 내 귀한 사랑, 내 찢긴 상처

내 안에 너를 품는다 다친 새처럼

병사들은 아무것도 모르면서 우리가 지나가는 것을 본다

나를 따라, 내가 한 말들을 되뇌며

그 말들은 너의 큰 눈을 위해 금방 죽어버렸는데

사는 법을 배울 시간은 이미 늦었다

부디 한밤중에 우리 가슴이 똑같이 흐느끼기를,

손톱만 한 노래를 위해 우리에게 얼마나 많은 불행이 필요한가

한줄기 전율의 값을 치르기 위해

얼마나 많은 후회가 필요한가

고통으로 이어지지 않는 사랑은 없다

멍들게 하지 않는 사랑은 없다

시들게 하지 않는 사랑은 없다

너에 대한 사랑이든 조국에 대한 사랑이든

울음을 먹고 살지 않는 사랑은 없다

행복한 사랑은 없다

그러니 이것은 우리 둘만의 사랑이다

너에게 루이 아라공의 「행복한 사랑은 없다」라는 시를 보낸다. 오오, 플로라. 사랑이 선사하는 고통은 나를 어디론가 데리고 가 승화시킨다. 오늘 나는 내내 이 시를 소리 내어 읽었다. 오래전부터 행복한 사랑은 없었음을 이제 안다. 우리는 기쁜 마음으로 이를 받아들여야 한다. 그렇다, 플로라. 울음을 먹고 살지 않는 사랑은 없다. 그러므로 플로라, 이것은 우리 둘만의 사랑이다.

일기 곳곳에 기적을 기다리는 마음, 플로라에 대한 사랑, 안간힘을 다한 사색, 신에 대한 절망감이 거듭 기록되어 있었다. 그는 신에게 자신을 봉헌하려는 마음과 플로라에 대한 사랑이 같은 것이라고 착각하고 있지는 않은지 두려워했고, 신에 대한 사랑과 플로라에 대한 사랑이 서로 만날 수 없는지를 되묻곤 했으며, 그런 질문을 하는 자신을 증오하고 경멸했다.

시간과 영원의 만남은 사랑을 통해서 이루어진다. 사랑은 시간을 깨뜨리고 들어와 영원 속으로 침투한다. 그것은 한순간에 이루어진다. 그러나 사랑은 시간 속에 있으므로 불안하다. 사랑의 모든 것은 존재의 결정에 따르지만 바로 그것 때문에 나는 불안하다. 사랑의 결단은 순간을 초월한다. 그리고 그것은 나와 플로라와의 관계를 결정한다. 나는 피할 수 없다. 우리의 사랑은 영원한 만남이다. 나는 이 지상의 무한한 포기 속에 존재한다.

하느님, 당신은 우리를 불행과 고통에 있게 함으로써 수난의 뜻을 가르치시는가? 우리, 불행한 사랑을 통해 오지 않는 기적의 존재를 선물하는가.

내가 플로라를 죽음에서 구할 수 있다면, 그 기적이 찾아올 수 있다면 나는 기꺼이 내 몸에 불을 붙여 기적이 찾아오는 길을 밝히겠다. 내가 기적을 기다리는 이유는 공포와 두려움, 죽음 때문인가? 나는 그렇게 강요되고 있는가? 그것은 절대 아니다. 나는 확신하고 있다. 나는 무엇으로 그렇게 확신하는가. 나는 잘못되어 있는가? 생각할 수 있는 모든 부패 가운데 내가 가장 부패되어 있는가?

니체는 사제란 비천하고 무기력하고 삶에 대한 질투와 악의에 찬 중상모략만을 일삼는 좋지 않은 자라고 했다. 그가 그렇게 말한 까닭은 잘못된 인간 존재가 주는 절망과 참된 구원에의 그리움 때문이 아닌가. 니체는 자기 자신을 어떻게 이해했는가. 그는 절대적인 부정 속에서 살았다. 그에게는 고향이 없다. 그의 말처럼 인간의 모든 영역에는 빈 곳이 없고 오직 행복과 그에 대한 기대감으로 가득 차 있다.

이제 나는 진정으로 불행해지려 하는가. 나는 오직 당신을 통해서 나를 극복하려 한다. 그러나 당신은 어디 있는가. 응답이 없다. 아아, 나는 허무주의에 빠져 있는가. 당신의 응답이 없다. 나는 저 허무의 심연으로 잠기는가. 아니면 나는 고통의 신비주의를 기다리고 있는가. 나는 나의 존재와 모든 기도와 시간을 플로라에게 바침으로써 기적을 불러올 수 있는가.

기도해온 모든 시간들은 응답이 없다. 이제 나는 나의 이성을 희생하고 자유 결단에 의해서 비약의 단계를 만났다. 그것은 무엇인가. 플로라와의 사랑이다. 가장 구체적인 사랑이다. 나는 나의 존재를 포기함으로써 진정 무엇을 만나게 되는가.

나의 의지와 나의 본성이 당신의 본성에 어떻게 관계하고 있는가. 나의 외침이 당신의 존재에 어떻게 다가서는가. 나의 결단이 필연적으로 완전한 존재자인 당신과 만남으로써 모순이 되지는 않는가. 당신의 뜻이 가장 아름답고 가장 선하므로 당신의 근거에서 나온 나의 의지와 선택도 그와 같을 것인가.

당신 안에 나를 실현시키는, 나의 이성을 희생해 플로라와의 사랑을 추구하는 비밀, 나의 열정과 자유로운 존재로서의 결단. 존재의 창(窓)에 드러나는 나의 완벽한 고립, 이것이 죄라면 나의 죄를 용서해달라.

나의 정신은 당신의 존재와 결합해 있다. 진리는 존재에서 출발한다. 하느님, 당신은 스스로 절대적인 자유 속에서 영원한 진리와 이 진리의 경계선에서 방황하는 나의 생애를 결정한다. 그러므로 나의 존재는 아무런 장소도 필요 없고 어떤 물질적인 사물도 필요 없다. 나의 영혼은 나의 육신과 완전히 다르므로 설사 육신이 없다 해도 언제나 플로라와 함께 있다. 나는 언제나 이성으로 당신을 인식하지 않았고 영혼으로 인식했으며 기도로 당신의 뜻을 인내하고자 했다. 나의 운명과 플로라의 운명이 다르다 할지라도 우리는 한 길로 당신에게로 나아가고 있다.

그러나 우리의 사랑은 불안하다. 우리의 영혼은 당신의 무한함의 한 조각이 아닌가? 당신이 아브라함의 하느님이고 이삭의 하느님이고 야곱의 하느님이라면 우리의 하느님은 어디 있는가. 우리의 사랑, 우리의 약속은 어떻게 완성할 수 있는가. 나의 존재 근거

는 한없이 떨고 있다. 플로라, 이 지상에서의 우리의 약속은 응답이
없다.

아우구스티누스는 진리는 신앙 안에 비춰져야 하고, 진리의 빛
이 내 자신에 스며들어야 한다고 한다. 진리의 빛이 없이는 영혼은
살 수 없는 것. 아우구스티누스여, 행복한 삶이란 신을 찾고 신을
위해 기뻐하고 신에 의해 기뻐하는 것이라고 하는 아우구스티누스
여, 나는 신으로부터 떠났는가. 무한한 신비 속에 나는 나를 던지고
싶다.

나의 정신은 당신을 닮게 창조되었다. 나는 당신과 깊은 관계를
맺고 있으며 당신이 부여한 이성으로 자유의지에 따라 선택하고
결정한다. 나의 이 감각과 욕구까지도 당신의 선물이 아닌가. 당신
이 우리에게 초자연적인 은총의 빛을 내려달라. 응답 없는 하느님!

일기 속에는 전에 그가 내게 보여준 루치아 수녀의 편지도
들어 있었고, 그 편지 앞에는 '루치아 수녀님께'라고 겉면에 쓰
여진 봉인된 편지도 붙어 있었다. 그제야 나는 그가 루치아 수

녀에게 쓴 답장을 붙이지 않았다는 것을 알았다.

나는 플로라가 그에게 보냈던 편지들도 읽었다. 그의 일기에서 '당신'은 신이었지만 플로라의 편지에서 '당신'은 신이면서 동시에 한수명이었다. 그녀의 편지를 읽어나가는 손끝이 자꾸 시려왔다.

유스토 학사님. 우리가 다시 만날 수 없더라도 우리는 이해해야만 해요. 살아 있을 동안 우리에게 의무가 있다면 그것은 우리가 다시 만날 수 없는 이유를 받아들이는 것이에요. 언제나 지상의 시간은 너무 짧아요. 당신은 우리가 사랑할 시간이 충분히 남아 있다고, 기적은 조금 더 먼 곳에서 올 뿐이라고 하지만 우리는 알고 있어요. 기적은 오지 않는다는 것을. 아, 당신이 보고 싶어요. 당신을 생각하면 숨쉬기조차 어렵습니다.

유스토, 당신을 향한 그리움과 육신의 고통 속에서 잠들지 못합니다. 당신이 군 입대를 한 지 세 달이 지났습니다. 다음 봄을 나는 맞을 수 있을까요? 길의 끝이 보입니다.

당신을 만난 뒤부터 나의 모든 시간은 당신으로부터 출발했습니다. 이게 죄인가요? 사랑의 한계상황은 어디서 우리를 기다리고 있습니까? 이미 우리 곁을 지나가버렸는데 우리의 눈이 어두워서 볼 수 없었는지도 모릅니다. 불안의 불꽃이 뼛속에서 일어나는 고통보다 더 아픕니다. 그러나, 그러나 나는 나의 모든 생애의 기록을 당신에게 전해주어야 합니다. 그것은 우리의 약속이기도 하니까요. 나는 당신이 가야 할 길로 당신을 떠나보내야 합니다. 물리적 시간이 아니라 영원한 자유, 하느님의 시간 속으로.

지금 바람이 불어서 과수원이 날아가버릴 듯합니다. 과수원의 나무들은 모든 잎을 다 떠나보내고 뼈만 남아 서 있습니다. 나는 저 나무처럼 대지에 뿌리를 내려서 수억 광년 뒤에 당신이 찾아오더라도 기다리고 있겠습니다.

오, 하느님. 성탄절은 내게 너무 머나먼 날입니다. 해마다 성탄절이 오면 당신은 오시겠지만 이제 나는 지상에서 당신을 맞이할 수가 없을 것입니다.

플로라의 편지는 갈수록 급박해졌고 그를 부르는 높임말도 낮춤말로 바뀌었다.

유스토. 내 목소리가 들리지 않니? 네가 아무리 먼 곳에 있어도 나는 네가 있는 곳으로 달려가고 싶다. 가서 단 한 번만이라도 긴 입맞춤을 하고 싶다. 네 입술, 섭씨 36.5도의 체온만 있다면 나는 죽어서도 아름다울 거야. 너는 어디 있니? 물 끓듯 타오르는 내 이마를 서늘한 네 눈빛으로 짚어다오. 내 이름을 불러다오. 우리의 앞날이 이미 끝나버렸다 해도. 그리운 과거도, 빛나는 약속의 미래도 다 필요 없다. 너는 왜 응답이 없지? 어디 있지? 나를 안아다오.

유스토, 나를 잠재워다오. 이 고통의 순간을 멈추어다오. 너만이 나를 위로할 수 있고 너만이 나를 자랑스럽게 할 수 있다. 눈뜨면 보이는 것은 네 얼굴, 네 목소리뿐. 그러나 너와 나의 앞날은 달라지겠지. 너는 왜 응답이 없니? 너는 나를 잊었니? 내 손을 잡아다오.

나는 플로라의 편지를 더 이상 읽기가 힘들었다.

날이 밝자마자 부대 앞으로 뛰어갔다. 부대 정문 앞 위병소로 들어서자 위병하사가 내게 어제도 면회를 오지 않았느냐고 물었다. 즉 위병하사는 나의 얼굴을 기억하고 있었다. 나는 이른 시간이지만 군종병 한 수명을 면회할 수 있느냐고 물었다.

그를 만나지 못하더라도, 위병하사에게서 지난밤의 총소리
는 그와 아무 상관이 없다는 뜻의 말을 듣기를 원했다. 너무 이
른 시간이라 만날 수 없으니 기다리라든가 근무 중이라든가 하
는 말을. 그러나 위병하사는 그런 말 대신 한수명과 관계가 어
떻게 되느냐고 물었다. 친구라고 대답하자 위병하사는 면회 기
록철을 뒤적여보더니 나의 얼굴을 뚫어지듯이 쳐다보았다. 위
병하사는 그에게 무슨 일이 일어났다는 얼굴을 하고 있었다.
나는 위병하사의 입술을 초조하게 지켜보았다.

마침내 위병하사가 말했다.

"그는 죽었습니다."

위병하사의 말을 듣는 순간 나는 비틀거렸다. 귓속에서 지난
밤에 들었던 총소리가 다시 살아났다. 위병하사는 그의 죽음을
확인하듯이 구체적으로 말했다.

"지난밤에 자살했습니다."

위병하사는 나더러 잠깐 기다려보라며 부대 안으로 전화를
걸었다. 나는 멍청하게 서 있었다.

"군종장교가 당신을 만나고 싶답니다."

나는 위병소 면회실의 딱딱한 장의자에 앉았다. 군종장교가

위병소 앞으로 달려 나왔다. 그 장교는 밤새 한잠도 못 잔 듯 눈에 핏발이 서 있었다. 장교는 내게 그가 종교적인 이유로 자살한 것 같다고 했다. 그의 자살 동기를 밝혀줄 만한 일기나 외부에서 온 편지는 없었다고 했다. 나는 의아했다. 내가 전해준 그녀의 일기는 어디로 간 것일까. 군종장교는 그 일기에 관해서는 물론, 플로라에 대해서도 전혀 모르고 있었다.

"어제 면회 와서 그를 만나지 않았습니까? 특별한 이야기가 없었습니까?"

장교의 질문에 나는, 그는 내게 말할 겨를도 주지 않고 돌아서서 부대로 뛰어갔다고 대답했다. 나는 장교에게 그가 내게 자신의 일기를 주었다는 말은 하지 않았다.

"성탄절 미사를 끝내고 난 뒤, 그는 보초 근무를 나갔습니다. 이상하게도 그는 사제복인 검은 수단을 입고 죽었습니다."

그는 죽었지만 나는 그를 만나고 싶었다. 나는 군종장교에게 부탁했다. 군종장교가 나를 그에게 안내했다. 그는 막사 뒤의 간이 텐트 안에 누워 있었다. 그는 고통에 가득 찬 얼굴로 눈을 뜨고 있었다. 군복 위에 검은 수단을 입고 누운 그의 가슴께에는 심장에서 솟구쳐 나온 피가 얼어붙어 있었다. 그 바람에 그는 검붉은 장미꽃 다발을 안고 있는 것처럼 보였다. 수녀가 그를 지켜줄 것이라고 했던 검은 수단을 입고 그는 자신의 심장을 쏘았던 것이다. 이제 더 이상 그는 가슴이 아프지 않을까. 나는 그의 곁으로 다가가 무릎을 꿇고 그의 뺨을 쓰다듬었다. 그의 얼굴에는 눈물이 얼어붙어 있었다. 나는 천천히 엎드려 그의 뺨에 나의 뺨을 갖다 대었다. 그리고 플로라가 늘 부르던 방식으로 그의 귀에 대고 그의 이름을 불렀다.

"한수명, 유스토……."

그는 대답하지 않았지만 내 목소리를 들었을 것이다.

그것이 우리의 작별 인사라는 것을 알았을 것이다.

나는 몇 번이나 그의 귀에 대고 플로라가 수없이 불렀던 이름을 부르며 그의 눈을 쓸어내렸다. 그때마다 그는 눈을 감기를 거부했다. 햇빛이 텐트 안으로 스멀스멀 기어 들어왔다.

그의 얼굴 위로 햇빛이 올라오자 얼어붙었던 눈물이 녹아 번졌고, 그러자 그의 얼굴은 마치 살아 있는 듯 고통스러우면서도 어떤 기쁨에 찬 표정으로 바뀌었다.

나는 그의 귓속에 대고 두 사람의 사랑을 결코 잊지 않겠다고 말하며 그의 눈을 감겼다. 그제야 그의 눈이 스르르 감겨졌다. 그의 옆에는 그가 쓰던 유품들이 들어 있는 더플백이 놓여 있었다. 군종장교는 유서도 나오지 않았다면서, 유가족에게 연락했다고 말했다. 나는 그의 곁에 서 있었다. 영하 20도가 넘는 날씨였지만 나는 추운 줄도 몰랐다. 헌병대와 보안대에서 그의 죽음을 조사하기 위해 왔다 갔고 그의 죽음은 종교적 고뇌에 따른 자살로 처리되었다.

3

얼마 지나지 않아 그의 부모가 도착했다. 최 신부와 루치아 수녀, 김일영도 함께 왔다. 그의 어머니는 그의 시신 앞에서 허물어졌고 얼굴이 검게 탄 그의 아버지는 굳게 입을 다물고 있었다. 고개를 숙이고 묵주기도를 하고 있는 루치아 수녀는 소리 없이 울었다. 그녀의 뺨에서 눈물이 쉼 없이 흘러내렸고, 젖은 흰 손수건이 얼어붙었다.

그의 시신은 군용 앰뷸런스에 실려 가서 화장장에서 불태워졌다. 화장장 밖에서 조금씩 눈보라가 일어났다. 루치아 수녀는 날더러 그의 뼛가루를 넣은 유골함을 받아달라고 부탁했다. 내가 유골함을 받아 밖으로 나왔을 때는 눈보라가 한 치 앞도 볼 수 없게 날리고 있었다. 무슨 말인가를 전하고 싶은 듯 거대한 바람 소리와 그 속에서 뿌옇게 일어나는 눈보라는 나의 망막 속으로 뛰어 들어와 소용돌이쳤다. 자살로 마감한 죽음에 대해서는 장례미사를 올리지 않지만 최 신부는 그를 위한 최후의 미사를 집전했다. 그의 유골은 그의 마을 옆을 지나는 강물에 뿌려졌고, 플로라는 장엄한 영결 미사 속에 천주교 묘지에 잠들었다.

그 뒤 나는 그의 일기를 돌려주고 싶었지만 누구에게 주어야 할지 알 수 없었다. 그의 부모에게 주는 게 맞았지만 그것은 그의 뜻이 아닐 터였다. 그는 나더러 그들의 증인이라고 했지만 왜 나를 선택했는지 하는 의문은 결코 풀리지 않았다. 그가 왜 죽음을 선택했는지도, 그가 죽음을 통해서 플로라와 다시 만나고 싶어 했는지도 진정 알 수 없었다.

혹시 그는 죽음을 통해서 플로라와의 사랑을 완성하고 싶었을까. 어쩌면 신파조 삼류 사랑처럼 오해를 받을 수도 있지 않은가. 누가 그들을 이해할까. 사람들은 그런 이해의 시간을 가지려 하지도 않는데.

그들의 죽음이 그들이 참으로 기다렸던, 죽어서 이루어진 기적의 모습이었을까? 아직 시간이 충분하다던, 두 사람의 목소리가 종소리처럼 내게 남아 있었다.

그의 장례를 치르고 얼마 후 나는 루치아 수녀의 부탁으로 정신병원에 입원해 있는 김일영을 만났고, 그 뒤 바로 유학길에 올랐다. 비즈니스 스쿨 한 군데에서 입학 허가서가 날아왔기 때문이었다. 나는 두 사람뿐 아니라 그를 통해 알게 된 사람들도 서서히 잊게 되었다.

절정
top

해가 뜨고 해가 지는

이 세상 모든 것의 증인,

늙은 단풍나무가 방을 들여다보고

그리고 우리의 이별을 예견하고

검고 시든 손을

도와주려는 듯 내게 내민다

발밑 땅이 소리를 내고

그 별은

아직도 버리지 못한 내 집을 바라보며

암호를 기다렸다……

— 안나 아흐마토바, 「레퀴엠」 3부 에필로그에서

1

나는 짐을 정리했다. 금융 잡지들도 버리고 신문을 끊었다. 낱권으로 사 모았지만 거의 읽지 않고 책상에 쌓여 있었던 최신 번역판 세계명작소설선집은 관리실 앞에 두었다. 경비원이 내다 팔면 소주값은 나올 터였다. 서랍 안에 들어 있는 시디도 쓰레기통에 던졌다. 집에 한번 갔다 오면서 부모로부터 언제 결혼하느냐는 소리를 들었다. 붙박이장에 처박혀 있던 등산용 모자와 신발장에 있던 등산화와 운동화는 쓰레기봉투에 넣었다. 청바지 세 벌, 소매 끝이 해진 체크무늬 남방과 속옷들은 헌옷 수거함에 던졌다. 가지고 나갈 것은 트렁크 하나면 충분했다. 필요한 물건은 현지에서 다시 살 수 있다. 굳이 짐이 되는 것들을 들고 갈 필요는 없다. 그건 보스의 기본적인 생각이기도 했다. 현재와 연결되지 않는 모든 과거는 버려야 한다. 일주일이 지나서 김일영의 전화가 왔다. 전화기에서 새어 나오는 그의 목소리는 힘 있고 밝아져 있었다.

"취직이 되었습니다. 장애인을 우선 취업시켜주는 곳인데 유리 공장입니다. 폐활량은 아주 좋습니다. 유리를 입으로 불어 갖가지 공예품을 만드는 일인데, 사실 어릴 때부터 그 일을 한 번 해보고 싶었습니다."

"아, 잘됐군요. 목소리가 밝아서 듣기에도 건강이 좋아진 것 같습니다."

"아무튼 요즘은 기분이 아주 좋습니다. 조증인 거 같아요. 평생 지고 갈 일입니다. 루치아 수녀님이 있는 곳을 알게 되어 이렇게 연락을 드립니다. 그런데 한 가지 궁금한 게 있습니다. 그때 당신이 플로라의 일기를 유스토 학사님에게 전해주지 않았습니까? 학사님 장례식 내내 저도 같이 있었지만 유품에서 플로라의 일기는 보이지 않았던 게 생각나는군요. 그게 어디로 갔을까요?"

그가 갑자기 플로라의 일기 이야기를 끄집어내는 게 이상했지만 어쨌든 나도 그 행방을 모르기는 마찬가지였다.

"저도 알 수가 없습니다."

"정말 이상하네요……."

그는 봉쇄수도원의 전화번호와 위치를 말해주고 전화를 끊었다. 나는 바로 수도원으로 전화를 했다. 전화를 받은 수녀에게 루치아 수녀의 이름을 대면서, 한수명의 친구 허인수라고 전해달라고 했다. 수녀는 잠시 기다리라고 했다. 전화기 저편에서 루치아 수녀를 부르는 작은 목소리가 들렸다. 이윽고 루치아 수녀의 목소리가 들렸다.

"허인수 씨로군요. 뵌 지가 거의 십 년이 다 되어가네요. 그 뒤에 한 번 연락을 했는데 인수 씨가 유학을 떠난 뒤더군요."

루치아 수녀는 내 이름을 기억하고 있었다. 나는 다음 날 오후 한시로 약속 시간을 잡았다. 다음 날은 바람이 많이 불고 하늘이 흐렸다. 나는 그의 일기를 배낭에 넣었다.

나는 수도원 면회실의 창살을 사이에 두고 루치아 수녀를 만났다. 수녀의 꼬르넷 밖으로 드러난 귀밑에는 흰머리가 많았다. 나는 배낭을 열고 보라색 스카프에 싼 그의 일기를 꺼내 아무 말 없이 앞으로 내밀었다. 루치아 수녀는 놀란 기색 없이 그것을 손으로 쓰다듬으며 두 사람의 이름을 가만히 불렀다.

"한수명 유스토, 서인애 플로라……."

바람이 세게 불었다. 나는 그의 일기를 받게 된 사연을 전했고, 그들이 만날 때 감시자나 증인처럼 거의 늘 같이 있었다고 했다. 수녀는 보일 듯 말 듯 스산하게 웃음을 지었고 고개를 끄덕였다.

나는 수녀에게 물었다.

"정말 그럴 수밖에 없었을까요?"

수녀는 대답 없이 창밖을 가만히 내다보았다. 드문드문 봄눈발이 공중에서 내리고 있었다. 나는 흐릿한 시간 저편에서 붉은 꽃다발을 안고 있는 듯한 그의 마지막 모습을 떠올렸다.

"이 일기 속에는 한수명이 수녀님께 쓴, 부치지 못한 편지도 들어 있습니다. 5월 초부터 해외 근무가 시작되면 언제 다시 돌아올 수 있을지 몰라서 이렇게 가져왔지만, 너무 늦게 수녀님께 도착되었네요. 무슨 이유로 편지를 부치지 않고 일기 속에 그대로 두었는지는 알 수 없습니다."

"언젠가 인수 씨가 찾아올 줄 알았어요. 시간이 늦은 건 아무런 문제가 아니지요. 이제야 두 사람의 일기가 서로 만나는군요. 영원한 봉인의 시간을 함께할 거여요."

그러고는 수녀는 놀랍게도 그의 일기 옆에 역시 보라색 스카프에 싸인 그녀의 일기를 꺼내 놓았다.

"제가 학사님에게 편지를 보낸 적이 있지요. 그 뒤 학사님은
부제서품을 유예하고 군 입대를 했습니다. 그 시절의 답장이
이제야 왔군요. 하지만 그 답장을 저도 봉인한 채로 두겠습니
다. 학사님 장례미사를 치르고 며칠 뒤, 학사님으로부터 소포
가 날아왔습니다. 소포 안에는 인수 씨가 전해주었던 플로라의
일기가 들어 있었어요. 학사님은 죽기 전날 인수 씨가 플로라
의 일기를 가지고 자신에게 오고 있다는 것도 알고 있었어요.
김일영 프란치스코 씨가 플로라 집으로 걸려 온 학사님 전화
를 받고는 말해주었거든요. 프란치스코 씨는 그렇게 한 것을
후회하며 내내 고통스러워했어요. 학사님 소포의 소인 날짜
는 26일이었어요. 그러니까 플로라의 일기를 받아 다 읽어본
다음 누군가에게 그걸 제게 부쳐달라고 부탁했을 거여요. 플
로라의 일기 맨 위에 학사님은 허인수 씨가 자신의 일기를 가
지고 있다는 쪽지를 붙여두었더군요. 자신이 쓴 마지막 편지도
동봉했고요."

나는 그가 왜 루치아 수녀에게 플로라의 일기를 보냈는지 알
수 없었다. 동봉했다는 편지의 내용도 궁금했다. 나는 묻지 않
을 수가 없었다.

"왜 그가 수녀님께 플로라의 일기를 보냈을까요?"

루치아 수녀는 대답 없이, 깊고 오랜 침묵 속으로 빠져 들어갔다.

점점이 날리던 눈발이 수도원 뜰 위로 내려앉았다. 나는 봄눈이 쌓이는 나무를 물끄러미 보고 있었다.

2

수녀의 목소리가 다시 들렸다.

"누구에게든 죽음은 찾아옵니다. 오늘은 나에게 죽음이 오고 내일은 당신에게 죽음이 옵니다. 그러나 순례자는 돌아서지 않습니다. 왜냐하면 죽음은 삶을 장식하는 성스러운 선물이니까요."

나는 수녀의 말을 입속으로 외웠다.

순례자는 돌아서지 않는다…….

그때 수도원 철문이 열리는 소리가 들리더니 트럭이 마당으로 들어섰다.

"이렇게 귀한 선물을 가져오셨는데 저도 인수 씨에게 드릴 것이 있습니다. 내내 학사님의 그 마지막 편지를 들여다보았어요. 이제는 다 외우고 있습니다. 무척 무거웠어요. 이제는 저의 일부가 되었지만. 해외 근무를 나가신다니 선물 하나쯤은 드려도 되지 않을까요?"

수녀는 플로라의 일기를 싼 스카프를 풀었다. 그 일기책 위에는 빛바랜 흰 편지 봉투가 하나 놓여 있었다. 수녀는 그 편지를 내게 주었다.

"학사님이 쓴 마지막 편지입니다. 플로라에게 쓴 편지일 수도 있지만 사실 학사님은 인수 씨가 플로라의 일기를 전해줄 때 이미 그녀가 세상에 존재하지 않음을 알고 있었지요. 선물처럼 제게 온 이 편지가 이제는 인수 씨에게도 선물이 될 수 있을 듯해요."

나는 재킷 안주머니에 그 편지를 넣었다. 수녀는 빠른 속도로 줄지어 내리는 눈송이를 미소 지으며 보고 있었다. 수녀의 눈동자 속으로도 봄눈이 쏟아지고 있었고 그것은 금방이라도 녹아서 뺨으로 굴러 내릴 것 같았다.

면회실로 얼굴이 꺼멓게 탄 노인이 들어섰다. 그의 얼굴을 어디선가 본 듯했지만, 누구인지 얼른 기억이 나지 않았다. 노인은 창살 앞으로 다가와 수녀에게 허리를 숙여 인사를 했다. 수녀도 의자에서 일어서 허리를 굽혀 인사를 했다. 그는 쌀을 다 내려놓았다며 바로 간다고 말하고는 돌아서 면회실을 나갔다.

루치아 수녀가 내게 물었다.

"저분 누구신지 생각이 나지 않으세요?"

"어디서 본 듯한 모습인데 잘 기억이 나지 않습니다."

"유스토 학사님의 아버님이세요. 가끔씩 쌀을 가져다 놓고 가시곤 해요. 그사이 많이 늙으셨어요."

루치아 수녀의 말을 듣고서야 나는 그의 아버지 모습을 방금 나간 그 노인의 얼굴과 겨우 일치시킬 수 있었다. 그의 시신 앞에서 입을 꾹 다물고 주먹으로 말없이 눈물을 닦던 그 모습이었다. 트럭이 밖으로 나가는 소리가 들렸다.

나는 수녀와 작별 인사를 하고 면회실 밖으로 나왔다. 철문 밖으로 이어진 트럭 바퀴 위로 굵어진 눈발이 떨어지고 있었다. 철문은 닫히지 않은 채였다.

나는 수도원 밖으로 나와서 하늘을 올려다보았다. 3월 하순의 봄눈이 폭설처럼 쏟아지고 있었다. 나는 루치아 수녀가 준 편지가 생각나서 그 봉투를 꺼냈다. 그때 등 뒤에서 귀에 익숙한 목소리가 들렸다.

'플로라, 아직 시간은 충분하다.'

한수명, 유스토의 환한 목소리였다.

나는 뒤돌아섰다.

아무도 없었다. 눈보라 사이로 봉쇄수도원의 철문이 닫히고 있었다. 나는 고개를 숙이고 봉투 안에서 편지를 꺼냈다. 그것은 '너의 이름만으로 행복했었다'라는 제목이 적힌, 그가 쓴 한 편의 시였다. 눈발 속을 걸어가며 나도 모르게 그의 시를 소리내어 읽기 시작했다.

행복했었다
너는 내 이름만으로도
나를 이해한다고 했지,
거미가 애써 만든 집을 버리는 까닭도
새벽이슬로 쏟아지는 꿈 때문이라고
없는 것을 있다고 여기고
있는 것을 없다고 믿었으니까

누군가 우리 이름을 기억해준다면

만남과 떠남보다

가질 것 없는 세상에서

얻고 잃은 것을 먼저 말하겠지,

떠나는 사람도 준비해야 하지만

남는 사람도 준비가 필요하다

가슴에 찍혀진 목소리를

지금 이야기하자

실매듭 진 앞가슴을 수직으로 갈라서

너는 마른 꽃 내 나는 내 이름을 부르고

나는 잠들지 못하는 네 꿈 곁에 누워서

미안하다,

할 말을 다 못 해서

나는 미안하다

너의 이름은 나의 두려움 없는 세상,

행복했었다

이별도 제자리가 있으니

오늘도 내일도 떠나가지만

손에 쥔 편지 위로, 그가 꾹꾹 눌러쓴 오래된 글자 위로 봄눈이 쌓였다. 글자는 살아 있는 듯 물기에 번져나갔고 금방 눈발 아래로 묻혔다.

3

그날 저녁, 나는 미레로부터 이메일을 받았다. 기우뚱한 하반신을 흙으로 빚은 조형물을 찍은 사진이 첨부된 이메일이었다. 조형물의 제목은 '나의 노래'였다. 나의 노래라……. 나는 고개를 갸웃하며 사진을 들여다보았다. 조형물의 사타구니에 망가진 성기가 달려 있었고 그 밑에는 고환이 달라붙어 있었다.

그 사진 아래 그녀는 이 조형물이 현지 평론가들로부터 극찬을 받았다면서, 그런 내용이 실린 기사도 사진으로 덧붙이고는 그 내용을 한국어로 이렇게 요약해놓고 있었다.

'그녀의 조형미는 상실과 회복의 순간, 그리고 존재의 관능이 어떻게 침투되고 사라지는지를 드러낸다. 지금까지 인간이 다녔던 사랑의 통로와는 다른 길을 보여주고 있다. 지금까지 발견하지 못했던 존재의 도상에 그녀는 서 있다.'

그녀는 언젠가 진흙으로 내 몸 전체를 담은 조형물을 만들고 싶다면서 안드레이 타르콥스키 감독의 말을 인용했다.

우리의 지혜는 우리의 광기보다 덜 현명하다. 우리의 환상은 우리의 판단보다 더 가치 있다. 진리는 방법 속에 있다.

(Andrei Tarkovsky)

내가 이 말을 인용하는 이유는 간단해요.

그녀는 타르콥스키의 말을 인용한 이유를 밝히지 않은 채 메일을 끝내버렸기에, 왜 간단하다는 건지 나는 알 수 없었다. 나는 기우뚱하게 서 있는 조형물 사진을 오래 들여다보았다. 그녀가 추구하는 새로운 조형의 세계는 그녀만의 어떤 새로운 방법 속에 있다는 뜻인지도 몰랐다.

출발 준비 시간은 오래 걸리지 않을 것이고 서울에 더 머물러야 할 이유도 없었기에 나는 보스에게 5월이 아니라 4월부터 암스테르담에서 근무하고 싶다고 말했다. 보스도 그게 훨씬 효율적일 것 같다며 가는 길에 파리에 들러 딸에게 고추장을 전해달라고 했다.

"자네가 전해주는 게 더 빠를 테니까. 나는 유일하게 미레에 게만 옛날 방식을 쓴다네. 아, 미스터 강에게서 연락이 왔네. 자신이 쓰던 숙소를 정리해서 미스터 허가 생활할 수 있도록 준비를 마쳤다고 하더군. 나와 그와의 거래도 3월 안에 다 정리될 거야. 이게 우리의 개념 아닌가."

강 선배는 내게도 전화를 걸어와서 자신의 숙소 주소와 출입구 비밀번호를 메일로 보냈다고 말했다. 그리고 숙소 안에 남겨둔 컴퓨터 안에 현지 업무와 거래처, 라이크스증권에 대한 모든 자료가 들어 있으니 현지 적응에 별로 힘들 게 없을 거라고 덧붙였다. 아마레 멤버십 카드도 탁자 위에 놓여 있다고 했다.

"적막해지면 찾아가보게나. 우리를 빛나게 하는 열정을 그곳에서 만날 수 있을 거네."

"열정적이겠군요."

그렇게 말하고 나는 얼굴이 붉어졌다.

"누가 말인가?"

나는 대답할 수가 없었다.

그는 굳이 나의 대답을 기다리지 않았다.

"그러나 위험 없는 열정이 어디 있겠나. 세이렌이 그러더군. 열정(passion)의 어원은 골고다 언덕을 오르는 예수의 고난, 즉 파시오니스(Passionis)에서 비롯되었다고. 따라서 열정은 고난을 품고 있다고. 내게는 그 열정이 망명의 길이지. 나는 나 자신으로부터도 떠나고 싶을 뿐이네. 그것이 나의 파시오니스, 바로 나를 구성하는 개념이며 본질이겠지. 내 존재의 망명이라고 하면 보다 쉽게 이해할 수 있겠나."

전화기에서는 그의 음성과 함께 거친 바람 소리도 들렸다. 황량한 벌판에서 전화를 하는 듯했고, 그의 음성은 끊어졌다 이어졌다 했다. 그가 이미 암스테르담을 떠나 스발바르제도의 어느 섬에 있으리라는 생각이 들었다.

나는 그에게 묻고 싶은 게 있었다. 그와 헤어지는 스히폴 공항 출국대 앞에서도 떠나는 완벽한 이유를 묻는 나의 질문에 그는 제대로 대답하지 않았었다. 사소한 이유를 하나 더 추가했을 뿐이었다.

"정말 묻고 싶은 게 있습니다. 강 선배는 자신이 떠나는 사소한 이유들만 말해줬을 뿐 완벽한 이유는 말해주지 않았습니다.
완벽한 이유는 무엇인가요?"

그가 뭐라고 대답했지만 잠음이 심해서 알아들을 수 없었다.

"바람 소리가 너무 심해서 무슨 말인지 들리지 않습니다."

"모든 숨소리는 바람 소리야."

그가 대답했다.

나는 더 이상 물을 수가 없었다. 그가 어디쯤 있는지도 묻지
않았다. 그러나 굳이 묻지 않아도 확실한 것이 하나 있었다. 그
가 자신의 숙소 주소와 출입구 비밀번호를 메일로 보냈다는 것
은, 그가 이미 그곳을 떠났다는 의미라는 것. 그는 그저 이렇게
말하고 전화를 끊었다.

"다만 나는 이렇게 말하고 싶네. 아마레……, 그리고 굿바이
아마레라고."

그 뒤, 나는 그를 오랫동안 만나지 못했다.

물질의 가장 기본적인 입자는 쿼크(quark)이다. 입자물리학자 머리 겔만(Murray Gell-Mann)은 쿼크는 up(위), down(아래), charm(매혹), strange(낯섦), bottom(바닥), top(꼭대기)이라는 여섯 가지 종류가 있고 빨강, 파랑, 녹색의 색이 있으며, 세 가지 색이 합하면 흰색이 된다고 했다. 물질의 가장 기본적인 입자에 대한 이 법칙은 전 우주에 적용된다. 우주의 모든 존재에도. 그래서 겔만은 '신은 독실한 쿼크교도'라고까지 했다.

입자물리학은 우리의 존재에 대해서는 다음과 같은 설명을 한다. '뼈와 살, 피 등 물질로 이루어진 우리의 존재는 이 기본 법칙만으로 존재하는 것은 아니다. 여기에는 확률적으로 공통적인 사건과 우연한 사건이 개입되어 작게는 한 개인사, 크게는 우주의 역사가 이루어진다. 쿼크 입자는 서로 결합하고 있기 때문에 우리는 갑자기 하룻밤 사이에 키가 반으로 줄거나 몸무게가 배 이상 늘지 않는다. 어느 정도의 시간과 공간이 필요한 것이다.'

물질의 기본 입자가 원자에서 쿼크로 달라졌듯 쿼크 이론도 영원하지는 않을 것이다. 영원한 것이 없는 이유는 기항지를 떠나 쉼 없이 항해하는 선박처럼 진정 영원한 것이 무엇인지, 어디 있는지 우리가 찾아 나서야 한다는 것을 알려주기 위한 것이 아닐까 싶다.

쿼크가 물질의 기본 입자라면 인간 존재를 구성하는 사랑의 기본 입자는 무엇일까. 인식과 감정, 그리움이 아닐까. 그것들이 현실의 순간과 충돌할 때 도무지 파악되지 않고 해석할 수 없는 수많은 얼굴을 가지고 있는, 격렬하고 낯설고 무조건적이며 변덕이 심하고 또한 소멸하는 사랑의 구조를 낳는 것이 아닐까.

물질의 기본 입자가 원자에서 쿼크로 변경되었듯이, 사랑의 이야기도 새로운 관점에서 다시 써보고 싶었다. 젊은 날, 해석해 내었던 순결한 사랑의 이야기가 관능적인 형식과 결합해 새롭게 구성되는 현재의 얼굴을. 물질을 구성하는 쿼크처럼 사랑은 자체의 구조와 역사를 스스로 발견하고 또한 해체하니까. 우리의 존재가 쿼크에서 와서 쿼크로 돌아가기까지…….

관능적인 기다림, 관능적인 그리움, 관능적인 파국은 소멸하는 존재에 대한 적극적인 대립과 항의의 방식이다. 우리가 미래의 희망에만 중독되어 행복과 안락함을 미래에만 담보해둔다면, 사랑의 길을 어디서 찾을 수 있을지 알 수 없을지도 모른다. 또 사랑의 얼굴이 사람마다 어떻게 찾아오든 그 모든 길에서 스스로를 떠나지 못한다면, 우리는 그 사랑을 붙잡을 수 없을지도 모른다.

소설을 쓰는 내내 불붙은 듯한 느낌이 들었는데, 그것이 어디서 비롯됐는지 몰라서 창밖을 오래 바라본다.

2016년 8월
문형렬

ROMAN COLLECTION 006

굿바이 아마레

초판 1쇄 발행 2016년 8월 26일
초판 2쇄 발행 2017년 8월 1일

지은이 문형렬
펴낸이 이수철
주 간 하지순
교 정 고나리
디자인 이다은
마케팅 정범용·김지운
관 리 전수연

펴낸곳 나무옆의자
출판등록 제396-2013-000037호
주소 (03970)서울시 마포구 성미산로1길 67 다산빌딩 301호
전화 02) 790-6630 팩스 02) 718-5752

페이스북 www.facebook.com/namubench9
인쇄 제본 현문자현 종이 월드페이퍼

© 문형렬, 2016

ISBN 979-11-86748-69-5 04810
ISBN 979-11-86748-04-6 04810 (세트)

• 나무옆의자는 출판인쇄그룹 현문의 자회사입니다.
• 이 책의 전부 또는 일부 내용을 재사용하려면
  사전에 저작권자와 도서출판 나무옆의자의 동의를 받아야 합니다.

• 이 도서의 국립중앙도서관 출판예정도서목록(CIP)은 서지정보유통지원시스템
  홈페이지(http://seoji.nl.go.kr)와 국가자료공동목록시스템(http://www.nl.go.kr/kolisnet)에서
  이용하실 수 있습니다. (CIP제어번호 : CIP2016018785)